Fan
ファン文庫

坂上《さかのうえ》動物園のシロクマ係

当園は、雨男お断り

著　結城敦子

JN155114

マイナビ出版

坂上《さかのうえ》動物園・園内ＭＡＰ

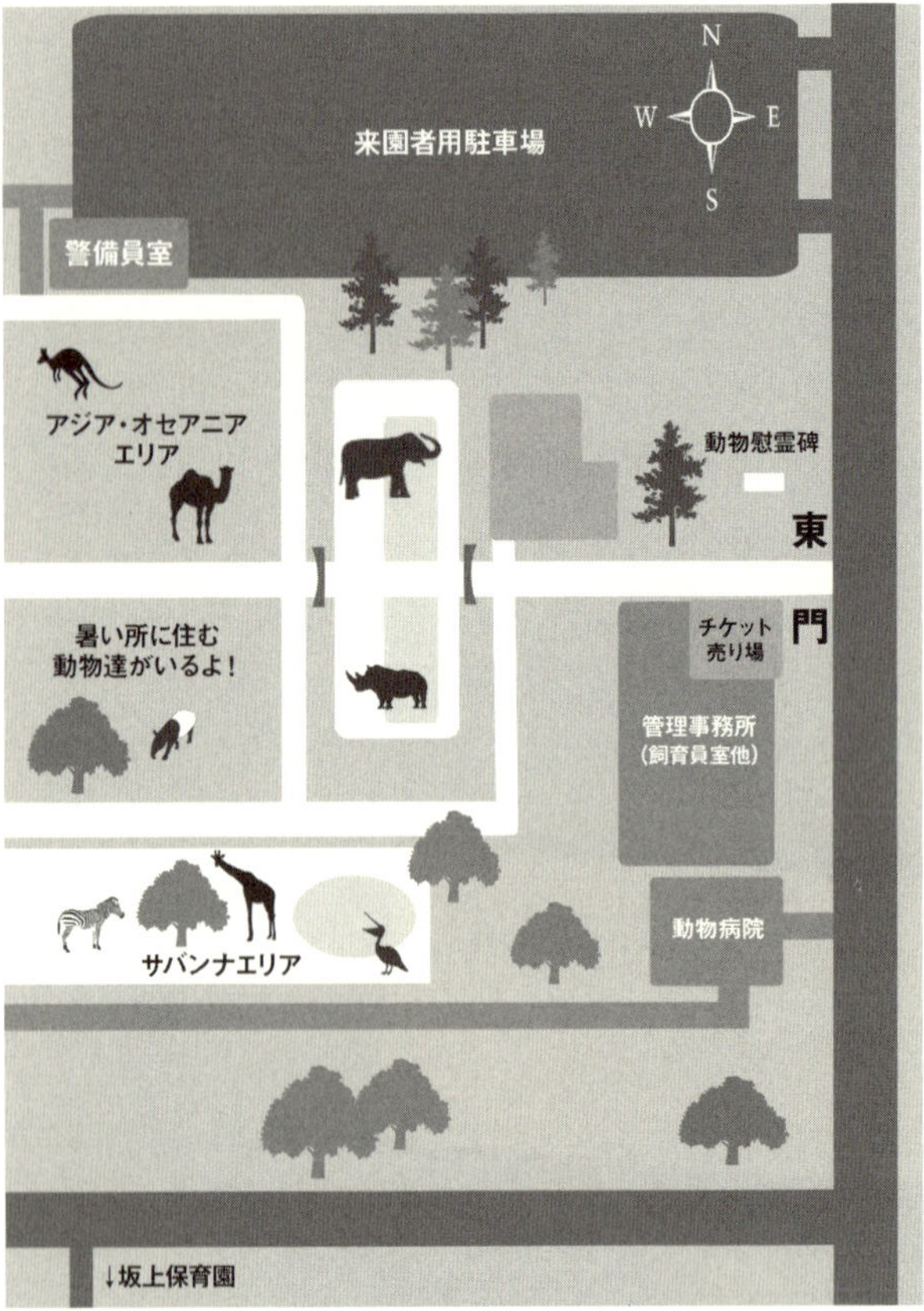

●関係者用施設・通路
●売店等来園者用施設

Contents

イラスト…げみ

逃げた花嫁

鏡の前で御前園晴子《おまえぞのはるこ》はあまりの変わりように、思わず「詐欺だ」と呟《つぶや》かずにはいられなかった。

普段はつなぎ姿で、ほぼスッピンに黒縁の眼鏡でいる自分と、真っ白なウエディングドレスに花嫁メイクの『彼女』は、まったくの別人にしか見えない。

外は冬だが、温室で育てられた花々が、控え室と花嫁を飾っている。

まるで他人と向かい合っているような気分だったが、慌ただしく役割をこなさなければならない花嫁には、感慨にふける時間も与えられない。

「とても美しい花嫁さんですわ」

ウエディングプランナーが有無を言わさず、最終確認のために晴子に掛けさせていた眼鏡を外した。

視力が悪い花嫁は、一瞬で自分の姿を見失う。

ぼやけた視界には、白い塊の中で、はっきりしない目鼻立ちの女が不安げに揺れている。

眼鏡の代わりに差し出されたコンタクトレンズが入ったケースを受け取るのを躊躇《ちゅうちょ》している彼女の胸の内は、目の中に異物を入れるのが怖い、という単純なものではなかった。

この結婚そのものが怖いのだった。

＊

大学卒業後、念願だった飼育員となり、坂上《さかのうえ》動物園に就職した御前園晴子は、生き物の命を扱う厳しさと忙しさの中で、充実した生活を送っていた。がむしゃらに働き、気がつけば、二十代後半になっていた彼女の元には、続々と駆け込みの結婚式の招待状が舞い込むようになり、それとは別に、若いうちに結婚を決めた後輩からも報告を受けるようになった。老舗の和菓子屋『菓匠　御前園堂』を営んでいる実家を継いだ弟も結婚した。

それでも彼女にとって結婚はどこか他人事で、全く焦る気持ちになれずに動物の世話を続けていた。

転機となったのは就職二年目から担当してきたメスのホッキョクグマ・アルルに婿《むこ》となるデルタがやってきたことだ。

アルルにお婿さんがきた。

うまくいけば、アルルの子どもが見られるかもしれない。

その時、晴子は不思議な感覚に陥った。

「そろそろ自分も結婚して『つがい』にならないといけないと思う――」

実家に帰った時に、そう思わず呟いた瞬間、母親は「待ってました！」と言わんばかりの素早さで、あっという間に見合いの席を整えた。

それから一ヶ月も経たない内に、両親と仲人《なこうど》のもとで、晴子は茶道の家元の息子という男に会った。

第一印象は悪くなかった。優しそうだったし、年上だったが、そんなには歳も離れてはいない。何よりも動物が好きだと何度も話すのが、彼女にはよかった。デートでの対応も過不足なく、熱烈に好きにはなれなかったが、穏やかに愛情を育めそうだと思った。

とんとん拍子に見合い話は結婚話になり、三十代を目前に彼女は婚約することになる。

その途端、婚約者は豹変《ひょうへん》した。被っていた猫を取り去ったのかもしれない。晴子に対し、横柄になり、嫌味を言うようになった。「もっと若い子と結婚したかった」とまで言われた。それはいいとしても、「獣臭い」「仕事、辞めたら」と言われたのは許せなかった。結納を済ませ、式場を押さえた後での仕打ちに、彼女は憤った。

嫌ならもっと早く言ってほしかった。だったらなんでプロポーズしたのよ？　ディナークルーズに誘い、輝く橋を見ながら、それなりに雰囲気を作ってプロポーズしてくれたじゃないの！

いくら結婚に対して気分が乗っていたとはいえ、こんな男を選んでしまった自分の見る目のなさを悔やむ日々だった。

そうして、挙式当日になった。

＊

「あーあ、雨だよ」

うんざりしたような声が聞こえた。

晴子が振り向くと、ぼやけた視界に白い衣装の男が現れる。

ウエディングプランナーが部屋から出そうとするのを「試着やら前撮りやらで散々、見たのに、今さら花嫁姿を出し渋ることなんかないよ。それほどのものでもないくせに」と意に介さぬようだった。

「ったく、ハレの日に雨だなんて、お前の日頃の行いが悪いんじゃないのか？」

今日の花婿であり、これから夫婦として富める時も病める時も二人で一緒に支え合っていくはずの相手は、あからさまに花嫁一人に責任をなすりつけた。

「雨降って、地固まると申しますし」

周りが気を遣って慰める声を聞きながら晴子はため息をついた。彼女は晴れ女なのだ。大事な行事で雨が降ったことなどない。

日頃の行いが悪いのはそっちじゃないの！　それに、ウエディングドレスの試着に付き合ってもくれなかったのに、その言い草！

これからずっと、こんな男と夫婦としてやっていけるのか。

その問いかけに、晴子は自信を持って頷《うなず》けなかった。

が、婚約者の豹変ぶりを目の当たりにした後も、招待客や両親のためにも結婚をとりやめるつもりはなかった。

和菓子屋と茶道の家元の結婚は、繋《つな》がりが深い。ある意味、政略結婚とも言えた。

これから彼の家の流派が茶会で使用する菓子には、『菓匠　御前園堂』で作ったものが多く使われることだろう。それは実家の店の利益になる。しかし反対に、もし晴子がうまく立ち回らなければ、注文が減ることにもなりかねない。

娘の結婚を喜んでいる両親を失望させた上に、そんな不利益まで与えるのは晴子にとっても本意ではない。

花婿もそれを知っている。知っていて、彼女を邪険に扱っていた。

「なあ、結婚したら仕事、辞めるんだろう？」

晴子は鏡の中に、後ろに立って頭を触っている新郎の姿を見た。どうやら自分の髪型が気になるようだ。

いつからか、新郎がやたら髪の毛をいじる癖があることに彼女は気づき、なんとなく嫌だなと思うようになっていた。見合いの席では気にならなかったのに――。

その見合いの場で仕事は続ける旨を伝え、了承してもらっていたはずなのに、結納を交わした後から事あるごとに退職を求められるようになっていた。

「――そんなこと、言った覚えありません！」

晴子の反論に、何が気になるのか、相手はせわしなく髪の毛を触った。

そうだ、この癖が気になったのは、結納の後からだ。

「だけど職場の人間を全然呼ばなかったじゃないか。それってつまり、もうこの職場で働くつもりはありませんってことだろ？」

「何を言ってるの！　それは、あなたが――！」

そこまで言って、晴子は黙った。

盛大な披露宴を埋め尽くした招待客は、新婦自身の関係者ではなく、両親繋がりの『業界』の関係者だった。

そうするように新郎側から要望を受けた時、晴子はさして抵抗しなかった。

彼女の職業は動物園の飼育員。動物の世話に休日はない。持ち回りで担当しているのだ。シフトを調整して出席してもらうことも可能だったが、あえてそれを求めなかった。自分の結婚式にそこまでしてもらう意義を、感じることができなかったからだった。

大事な職場の仲間を呼ぶ必要がないと思うほど、自分はこの結婚を望んでいない。この花婿を自分の夫だと紹介したくないのだ。

晴子はこの期に及んで、今まで押し殺していた自分の感情にはっきり気づいてしまった。目の前にいるこの男を虫唾《むしず》が走るほど大嫌いなのだと。本心に気づくと同時に控え室に晴子の声が響く。

「私、あなたとは結婚できません!!」

「へえ！　そんな馬鹿なこと言ってもいいと思っているのか？」

「ええ、思っているわよ！　こんな馬鹿と結婚しなくて済んでよかったわね」

常日頃、相手にしているのは軟弱なお坊ちゃまではない。見た目は可愛いが、鋭い牙と爪を持つ地上最強の肉食獣、ホッキョクグマなのだ。ライオンやトラだって相手にしている。

猛獣班、舐《な》めるんじゃない！

一瞥《いちべつ》して相手を射《い》竦《すく》めると、ドレスの裾を翻し、晴子は花嫁控室から飛び出した。

「お待ちください！」

式直前の花嫁の逃亡に花婿よりも式場の人間が顔色を失って追いかける。

眼鏡を渡してしまったせいで視界不良だったが、それでも晴子は走った。幸いなのは、婚約者との身長差がなかったので、花嫁用の馬鹿高いヒールを履いていなかったことだ。

茶道の家元と老舗の和菓子屋の結婚式は盛大に執り行われる予定で、式場もそれはそれは高級なホテルだった。豪華な絨毯《じゅうたん》が敷かれ、煌《きら》びやかなシャンデリアが下がるロビーへの階段を降り、踊り場まで来たところで、ちょうど来賓と談笑していた両親に会った。

「晴子！　どうした！」

ただごとではない娘の形相に、父親が問いただす。

「私、結婚しないわ！」

「何を馬鹿なことを！」

婚約者と同じような台詞《せりふ》だったが、父親の方がよほど愛情を感じられる口調だった。

「ごめんなさい。でも、無理なの……」

「どうして！」

招待客だけでなく、ホテルの一般客まで興味津々に踊り場の花嫁を見始める。

新郎一家もやってきた。

「晴子、一体どうしたんだ？　具合が悪いなら式を遅らせてもいいんだよ。招待客より君の体の方が心配だからね」

ここで真実を曝《さら》け出したら、さぞや気持ちがいいだろう。晴子はその誘惑に駆られたが、後ろから嫌々追ってきた婚約者がさっそく大きな猫を被って、いい婚約者を演じ始めたので諦めた。

この八方美人で人当たりだけはいい男が、実は最悪な性格だということを、今この場だけで信じてもらうのは無理どころか、こっちが悪者扱いされる。すでに彼女の非常識な行動に、非難めいた視線と囁《ささや》き声が聞こえてきた。

それでも、もはや止まらない。

「どうしてもよ！」

ロビーからエントランスに出ると、花嫁に逃げられた花婿が愚痴った通り、雨が降っていた。冬の雨だ。冷え冷えとしている。

外に出るのを躊躇する晴子に、足音が迫る。

このままでは捕まってしまう――。

ちょうどその時、右手側から車が入ってきた。晴子の目の前で停まり、その中からホテルのボーイと思われる制服を着た人間が出てきた。

「ありがとう」

いやに涼しげな男の声が、後ろから聞こえた。目の前の車の本来の持ち主だった。突然、現れたウェディングドレスの女に動じることもなく、その男は車に乗り込もうとする。

咄嗟《とっさ》に、晴子は男を押しのけ、その車に頭から突っ込んだ。ハンドルが左わき腹に当たる。

「ぐぇ」

ドレスの下は着慣れないブライダルインナー。ボーンとフックで成形されたウェストに直接響き、花嫁はうめき声を上げた。

ちょっ……左ハンドルなの!?　そういえば、ボーイは左座席から出てきた。

「お客様！」

ボーイの咎《とが》めるような声を聞きながら、かさばるドレスのまま助手席に這《は》い入った。

「君は誰？」

今度は車の持ち主が晴子に問うた。

悪い人間ではない。

彼女は瞬時に判断した。なぜならば、こんな真似をした女に対しても、丁寧に「君」と呼びかけたからだ。元婚約者は、いつも彼女を「お前」と呼び、それが気に障っていたものだ。

御前園晴子は、「お前」と呼ばれるのが嫌いだった。

「出して！」

「……？」

「車を出すの！　今すぐ!!」

扉から覗《のぞ》き込んだままの男を車内に引きずり込んだ。

自ら運転してもいいと思ったが、眼鏡もなく、財布もないことに晴子は気がついたのだ。

免許証も財布の中だ。携帯すらない。ドレスもレンタルだ。

御前園の両親は、娘のためにウエディングドレスを買っても構わないと申し出たのだが、元婚約者が「一度しか着ないそんなものに金を使うな、無駄だ」と制したのだ。買ったものといえば、花嫁用の下着くらい。つまり晴子は今、ほとんど自分のものを身に付けていなかった。心細さでたまらなくなるが、来た道を引き返すことだけは絶対にできなかった。

彼女は自分を鼓舞するためにも、ひときわ強く、再度男に言った。

「車を出して!!」

猛獣班飼育員の迫力に負けたのか、車は発進した。

晴子はベールを乱暴にはぎ取ると、安堵《あんど》のため息をつき、深く助手席に身を任せた。

雨が、降り続く。

「それで、行く当てはあるの？」

ワイパーがひっきりなしに動くのを見ていた晴子に、運転席の男が声をかけた。

「――え？」

「望む場所に連れていけば、この車から降りてくれますか？」

当然の要求だった。こんなあられもない姿のまま、道端に捨てられないだけでも幸運だ。かさばるドレスがごそごそと音を立てた。普通に考えれば行き先は一人暮らしをしているアパートだろう。幸いにもまだ引っ越しはしていない。住所を告げようとした晴子の口が開いたまま、止まった。

その間抜けな顔を、男は横目でチラッと見た。彼は雨の日の運転には慣れていたが、よそ見運転が危険なことに違いはない。

晴子はドレスを摑《つか》んだ。部屋の鍵がない……。

あまりに無計画な逃走だった。寸前まで、結婚するつもりだったのだから当たり前だ。

「助けてくれそうな人はいないの？」

「――ちょっと待ってもらえませんか？　今、考えますから……」

「よろしく」

男は車を路肩に止めた。このまま花嫁姿の女性を乗せて、運転し続ける訳にもいかない。こうなれば、あのホテルの責任者に連絡して、親に引き取ってもらおうか。

その気配を察した晴子は、急いで考えを巡らせた。濡れた路面に反射したハザードランプの点滅が、彼女を急き立てるように光る。

頭に浮かんだのは同期の飼育員で、漢字は違えど読みは一緒の名前の太宰治子《だざいはるこ》だった。

御前園晴子は猛獣班、太宰治子は爬虫類館と、これまた担当は違えど生き物を愛する心は一緒の二人は意気投合し、動物園に就職して七年来の親友となっていた。

結婚式に招待できないと告げた時、「御前園はなんだかんだ言ってお嬢様だから、いろいろ大変なのね。あとで園のみんなでお祝いしてあげる」と、申し訳なさそうに謝る晴子に、励ますように言ってくれた。

そんな太宰は今日も動物園に出勤しているだろう。

「そうだ……あそこがあった……」

宿直制度は廃止され、夜間は警備会社に委託するようになったものの、動物が病気や出産の際には泊まり込んで見守る必要がある飼育員達は、職場のロッカーに生活用品を常備していた。

着替えもあるし、予備の眼鏡もある。なんなら部屋のスペアキーも、どこかの引き出しに突っ込んでいた気がする。小銭もある。そこに行けば、とりあえず、なんとかなる。

「……坂上動物園までお願いします」

晴子は小声で動物園の名を告げた。

すると運転席から右手が伸びてきた。まさか放り出されるの？と身を引くが、その手はカーナビに向かい、何がしかの操作をして男はアクセルを踏みハンドルを切った。同時にそれまで無音だった車内にラジオの音が流れはじめる。

見ず知らずの女と二人っきりの空間に耐え切れずにそうしたのだろう、と晴子は思ったが、それは彼女にとっても同じだった。出会ってから僅《わず》かな時間すぎて悪い印象はないが、それは今日、結婚する予定だった男も最初はそうだった——。

どんな人間なのだろうかとちらりと見ると、運転に集中する男の横顔は眼鏡の助けのないぼんやりした視界でも、若くてなかなかの顔立ちなのが伺い知れた。が、それ以上は無理だった。

視覚が駄目ならと、試しに気づかれないようにそっとにおいを嗅いでみる。

ホッキョクグマは、餌のアザラシが海の中にいても氷上から嗅ぎ分けられるほど嗅覚が優れていると言うが、人間の晴子にはそこまでの能力はなかった。まして、人間性など分かるとは思えなかったが、それでも少しでも情報を得ようとしたのだ。

分かったことは、煙草を吸う習慣はないらしいこと、清潔感がありそうなこと——そして一番強く印象に残ったのは〝雨のにおい〟としか表現できない不思議な香りである。やむ気配のない外の雨のにおいが車の中でまで感じられるのだろうか。


その『雨のにおい』のする男が口を開いた。

「どうして動物園に？　思い出の場所なのですか？　しかし今は思い出に浸るよりも他にすべきことがあると思いますが」

望んだ場所まで連れて行っても、ただ思い出に浸るだけでは『行く当てがある』とは言えない。あるいは、猛獣の檻の中に身を投げるとでも思われたのかもしれない。

晴子は彼を安心させて、このまま車を動物園へ走らせてもらわないといけなかった。

「思い出の場所……そうですね。小さい頃からずっと親しんできた場所です。そして、今は職場でもあります」

「……職場？　ということは？」

「はい。飼育員です」

　ウエディングドレス姿からは想像がつかなかったのだろう、男が驚く気配を感じた。カージャックされた運転手がやけに冷静すぎることに不安を覚えていた晴子は、その感情の変化を歓迎した。

「私は『坂上動物園』で飼育員をしています。なので知り合いがいます。着替えもありますし、シャワーも完備です。……行かれたことはありますか？」

「動物園に？」

「そうです」

「いいえ。行ったことがありません。坂上動物園だけでなく、動物園自体にです」

「――え？」

　車を運転しているということは、十八歳以上のはずだ。その年まで動物園に行ったことがないなんて珍しいと、今度は晴子が驚いた。

　人生には三度、動物園に行く機会があると言われている。一度目は子供の頃に親に連れられて。二度目は遠足、もしくは恋人とデートで。そして三度目は親になって子供を連れて行く時だ。晴子に至っては、数えきれない程の回数になっている。

けれども、世の中には様々な事情の人間がいるのだから、驚くのも失礼かなと思い直す。もしかしたら、親か本人が、動物を檻に閉じ込めるのをよく思っていないのかもしれない。

そこで、会話は途切れるはずだった――が、男は動物園に興味を持ってはいるようだ。

「残念なことに雨が……いいえ、行く機会を逃し続けていまして。どんな動物を担当しているのですか？」

「猛獣班……あの、メインではホッキョクグマを担当しています。他にもライオンとトラ。それからウマも」

基本的に猛獣担当の晴子だったが、他の動物の世話も手伝っている。担当飼育員が長期休みの場合の代わりや、担当動物の変更を想定して、様々な動物に関する飼育知識を得ておく必要があるからだ。

「ホッキョクグマですか……飼育員なら近くに寄って、触れ合ったりできるのですか？」

眼鏡がなく視覚が鈍くなった代わりに、他の感覚は鋭くなったようだ。もしくは同好の士ゆえの直観か……やたら冷静な物言いの中にも、男がホッキョクグマを好きらしいことを、晴子は嗅ぎつけることができた。それも「強くて格好いい！」ではなく「可愛い！」方向に好きだということを。

「そ、そうですね、可愛いですし、触れたくなる誘惑にかられますが、実際には危険ですのでそんなことはしません」

晴子はここで言葉を切り、相手が興味を持っていることを確認する。

「移動や餌の時も直接ではなく間接的に行います。猛獣は同じ檻に入って世話ができる直接飼育ではなく、間接飼育という方法で世話をしています。動物達の寝室はいくつもの頑丈な扉で仕切られていますが、それを開けて放飼場《ほうしじょう》や他の部屋に移動してもらう時も、遠隔で操作できるような作りになっています。決して猛獣と人間が鉢合わせしないように」

「ほうしじょう？」

「え？　ああ、運動場とも言いますね。パドック、展示場とも。動物達が外に出ていて、みなさんも見られる場所ですよ」

動物園未体験の男に分かり易いように、もっと丁寧に説明すべきだと反省する。

「動物園によって仕組みは違うと思いますが、うちでは放飼場への扉は鎖を引っ張って開け、部屋の仕切りはハンドルを回して動かしています」

なかなか力の入る作業だ。晴子の二の腕は引き締まっていた。

車のラジオからは時節柄、クリスマスソング特集が流れていたが、楽しげな歌も悲恋の歌も、今の晴子には辛いものがあった。坂上動物園まではまだまだ距離がある。どんな状況下でも、動物や自分の仕事の話なら楽しくできそうな自信もあるし、話題も尽きない。

「そんな風においそれとは触れることができないからこそ、動物達を日頃からよく観察しておくことが重要なんです。動物達は襲われることを警戒して、弱っていることを隠す傾向があります。なので、飼育員は餌の食べ方や糞の状態等、目視だけでなく監視カメラの映像も駆使して、あらゆることから彼らの変調を早めに察知できるように心がけています。

そして飼育日誌を書いて、他の飼育員とも情報を共有するんです。普段の様子も知っておかないと、変化も分かりませんし。病気や怪我が重くなってからでは治療がさらに難しくなりますからね。いつまでも元気でいて欲しいですから……。そうそう、触れ合いとは違いますが、それもあって、うちのホッキョクグマも『ハズバンダリートレーニング』を行うようになりました」

「ハズバンダリートレーニング……ホッキョクグマにもですか？」

　男は動物園に行ったことはないものの、動物に関しての知識がそれなりにあるらしい。『ハズバンダリートレーニング』を知っているようだ。これから説明しようと思った晴子は少し拍子抜けした。

「はい。ホッキョクグマにもです。体重計に乗ったり、口を開けてもらったり、それから前足を出してもらって、そこに採血ができるように注射の刺激に慣れてもらう練習をしています」

　そのような各動物達の日々の健康管理に役立つ動作を、自発的に行ってもらえるようにしておくことは、いざ、病気になった時にも有用なことだった。

「注射まで？　それはすごいですね」

「――いえ！　うちはまだそこまでは……。なにしろ、トレーニングといっても強制ではありません。動物がこちらの望むような動作をした時に笛を吹いて合図をして、ご褒美をあげる。それを繰り返して行い、褒めてもらって、美味しいご飯がもらえるなら協力しようか、という気分になってもらうので」

「根気がいりますよね」

「――ええ！」

同意を得た飼育員は喜び、次の質問を聞いた。

「ホッキョクグマのご褒美はなんなのですか？」

「さぁて、なんでしょうか――」

冷静ではあるものの素直な反応の男に対し、つい、いつものように子ども達を前にして『お話』している気分になってしまった晴子は、しまったと思った。急いで「あ、あの、うちのホッキョクグマの好物はハチミツやブドウとかです！」と答えを言う。

「そうなんですか」と返ってきた声が、なんだか残念そうに聞こえたことについては、晴子は自らの自意識過剰だと判断した。

赤信号で車が停止したので、運転手がこちらを見ている気がした。妙に暑い。顔が赤くなっていたとしても、それは赤信号のせいだと思ってくれるといいのだが……。

ラジオと雨の音があいまって、一瞬、男の声が聞きづらくなったが、彼は晴子に子ども扱いされたことを気にした様子はなく、さらにホッキョクグマについて質問してきた。

「他にはどのような物を食べるのですか？」

「そうですね。普段は馬や羊、鶏といった肉類や魚類、リンゴなどの果物に野菜、食パン。そしてクマ用のペレットを食べます。ペレットって、ドッグフードみたいなものですよ」

どうしても子ども向けになってしまいがちな口調を抑えつつ、晴子は続けた。

「野生では主にアザラシを食べますが、そういったものが獲れない季節などは他のものも食べますので、動物園でも栄養のバランスを考えていろいろな餌を用意しているんです。ホッキョクグマは大体、一日に十キロ前後の餌を食べます。動物達にとっても餌は楽しみでもあるでしょうし、気は抜けません。放飼場で食べてもらう〝おやつ〟は、時間をかけて食べてもらえるように、わざと取り出しにくいように隠したり、プールに投げ込んで取ってもらうなど、工夫をします」

「なるほど」

隣から感心したような声が上がったので、またもや晴子は気をよくしてしまい、口が滑らかになってしまった。

「坂上動物園のホッキョクグマ舎は後から併設されたので、坂の上にあって。……もともと動物園自体、傾斜地にあるのですが、ホッキョクグマ舎はさらに一段上にあるんです。そこに餌の入ったバケツを持って登らないといけないのが不便ですね」

ライオンとトラがいる猛獣舎はコの字型で、裏手に当たる凹んだ部分には資材を置いたり、動物や餌の材料を運んでくるトラックの搬入スペースとなっていた。そこを鉄柵が遮断している。よって晴子は餌をホッキョクグマに届けるために、そこから出ないといけない。さらに同じようにホッキョクグマ舎の裏手を囲う鉄柵を開け、獣舎に入る扉の鍵も開けなければならない。動物園はとにかく鍵の多い施設であり、戸締りもその都度行う。

逃げ出したりしたら大ごとだ。特に晴子が世話をしているのは『猛獣』なのだから。

「大変なお仕事ですね」

「そうかもしれませんが、あの子達は私達飼育員を頼りにしてくれているんですもの。もう、とっても可愛いんです」

仕事の話をする時、晴子は自然と誇らしげになり、愛情深い表情になる。

「……そうですね」

その声にやや羨望が混じったような気がした。この男の人は自分の仕事に満足していないのかしら？と気になる。しかし、車に乗せてもらった上に、失礼な質問をすることはやめた。

彼は彼女の話の中でも特にホッキョクグマの件に興味を持ったようで、話が一区切りついた所で聞いてきた。

「今日は雨ですが、ホッキョクグマは出ているのですか？　せっかくなので見て行きたいのですが。雨だとやはり外にはいませんか？」

「――！　雨でも出ている動物達はたくさんいますよ。雨は自然現象ですから。でも、すみません。ホッキョクグマは今は観覧制限中なのでしばらくはご覧にはなれません」

晴子はシートに預けていた身を起こし、頭を下げた。

「観覧制限中？」

「アルルが……メスのホッキョクグマが、出産準備中なんです」

淀みのない言い方は、彼女がその台詞を言い慣れていることを現していた。

「出産？　子供が生まれるんですか？　それは楽しみですね。いつ頃、見られますか？」

「それは分かりません。生まれるかどうかも……です」

今度の台詞《せりふ》はこれまでとは打って変わった、はっきりしないものになった。

「――？」

男はどういうことか聞きたそうな雰囲気だったが、晴子は窓の外に視線と意識が向く。

『ようこそ！　坂上動物園へ!!』

見慣れた大きな看板が視界に入る。男が聞き上手なのか、晴子は随分と長い間、夢中で話していたようだ。大好きな動物、ホッキョクグマの話題とはいえ、一方的に捲《まく》し立てていたようで、途端に恥ずかしくなり、動揺してしまう。

沈黙の中に、ラジオから流れる甘い恋人同士のクリスマスソングがはっきりと聞こえてきた。

「でも、ホッキョクグマ以外にも『サバンナエリア』はリニューアルして見応えがありますし、『ふれあい動物園』も人気があります。雨ですが爬虫類館と鳥類館は室内なので、濡れずに済みますよ。園内には雨に備えて置き傘も用意してあります。傘をお持ちじゃなかったら、お貸しすることもできますので……」

「そうですか……」

晴子は慌ててオススメを述べたが、男はそのどれにも心動かされた様子がなかった。こんな雨の日だ、仕方がない。

「後日、是非、晴れた日にお越しください。お礼にご案内させていただきます。今日は雨ですものね、あまり歩きたくないですよね。連絡先を教えてくだされば、招待券を送ります。……あの、お礼もしたいですし」

車が来園者用の駐車場に滑り込むのを見ながら、晴子は必死に言った。

カージャックをされた時よりも、彼は不機嫌そうに見えた。そんなにホッキョクグマが好きで見たかったのだろうか？　だったら、これまでだって見に行く機会はたくさんあったはずだ。こんな立派な車を持っていて、自分で運転して坂上動物園に来ることができるのだから。

「着きましたよ」

機嫌の針は大きくは振れずに、すぐに戻るようだ。運転手は結婚式から逃げ出した無礼な花嫁に丁寧に、到着を告げた。

晴子は申し訳なく思いつつも、来園者用ではなく、関係者用の駐車場に移動することをお願いすると、男はここでも、素直に言われた通りにしてくれた。

来園者用の先にある、職員や業者が使う関係者用の駐車場の間には、立ち入りを制限するゲートがあり、側にある警備員室に申し出る必要があった。事情を話して、同僚であり親友でもある太宰治子を呼んでもらおうと顔を出すと、警備員の様子がおかしい。

「御前園さん!?　御前園さんですよね？　来てくれたんですね！　アルルが出産したよう

です よ!!」

「ええ!?」

なんてこと! 晴子は臍《ほぞ》を噛んだ。

こんな大事な時に、自分の結婚式なんてくだらない用事で休みを取るべきではなかった。

車を降りると、ドレスの裾をたくし上げ、晴子は駆け出した。

警備員室の脇にある、園内へ至る関係者用の通路が開いており、代わりに簡単な車止めが置かれていた。これから車の出入りがあるので完全に閉めないようにしているらしい。

「ちょっと、待っ……!」

後ろで焦っていても涼やかな声が追いかけてきたが、彼女は振り向かなかった。

そろそろ車が出てくるとの連絡を受けて関係者用通路を見張っていた警備員は、花嫁姿で飛び込んできた晴子に驚き、目で追った。

さらに、それを追いかけて男が走っていく。立派なスーツの人間だったので、てっきり結婚式に招待された飼育員の誰かが晴子を連れて一緒に来てくれたのだと誤認し、そのまま彼の後ろ姿を見送った。晴子が結婚式に職場の人間を招待していなかったことを、警備員は知らなかった。

北側にある駐車場から園内に入るとすぐに右手に曲がる。猛獣舎を見ながら、爬虫類館との間にある木立の中に入って行く。『関係者以外お断り』と書かれた札の脇を躊躇なく通り過ぎる。

「ねえ、ちょっと……」

もう一度、涼やかな声をかけられたが、晴子には聞こえない。

道の先に、小さな平屋の建物があった。ちょうど猛獣班の班長・多賀丈二《たがじょうじ》がその裏口から出てくるところだった。

晴子の姿を見た多賀は啞然とし、振り返って小声で怒った。

「馬鹿野郎！　誰だ、御前園に連絡したのは！」

返ってくる答えはない。

「生まれたんですか⁉」

「御前園には関係ない！　早く式場に戻れ！」

関係なくはないじゃないの！と晴子は思ったが、多賀はそこからホッキョクグマ舎の裏手に続く関係者用の通路を腰に下げた鍵の束を鳴らしながら、足早に登っていく。

次に出てきたのは、今年、猛獣班に配属されたばかりの志波賢也《しわけんや》飼育員で、晴子に何か言いたげだったが、多賀の無言の圧力を感じたのか、会釈しただけで行ってしまった。

数人がそれに続き、最後に獣医が出てきた。彼も晴子の格好に驚いたが、これまた小声で事情を説明してくれた。

「朝、志波が寝室でアルルが出産を始めたのを見つけたらしい。そのまま暗視カメラの映像で見守っていたんだが、アルルは産室に赤ん坊を連れていく様子も乳をやる様子も見られない。このままでは、せっかく生まれた赤ん坊の命が危険だと判断して、これから救出に行くところだ」

獣医の説明に、晴子は顔を覆った。

動物園で飼育しているホッキョクグマの繁殖は難しい。

厳しい北極圏の氷の上で暮らすホッキョクグマは神経質で注意深く、その場所で安心して子供を育て上げられないと判断すれば、子育てを諦めて産んだ子を食べてしまうこともあった。それは飼育下でも同じで、さらに動物園育ちで初産であると勝手が分からないのか、上手に子育てができない個体も多いのだ。

アルルはまさに動物園育ちの初産で、子供は無事に産んだものの、育児がはじめられずにいたのだ。母性本能が呼び起こされるのを待つために様子を見ていた多賀も、ついにこれ以上は無理だと判断した。

「私は多賀から赤ん坊の安全を確保できたと連絡が来たら、動物病院に運ぶために、車を移動する準備をする。――御前園は、控室にいろ」

そう言うと、獣医は車のキーを手に、行ってしまった。

取り残された晴子は、雨に打たれたまま佇《たたず》んだ。ドレスの裾が泥で汚れていく。

「中に入った方がいいですよ……そんな格好で……」

後ろから音量が抑えられていても涼しげな声がして、それに対し、控室の戸口に残っていた飼育員もタオルを片手に「そうですよ、御前園さん。中に入ってください」と同意した。だがその瞬間、多賀や獣医に止められたにもかかわらず、我慢できなくなった晴子はホッキョクグマ舎へ走った。

ホッキョクグマ舎の裏手を守る頑丈で高い柵は、獣医の車が来るまで、一旦、閉じられようとしていた。そこを、「お願い！　通して！」と押し切る。

獣舎入口に、消毒薬を含ませたタオルが置いてあったので、そこで立ち止まり、靴の裏を拭いた。それは中に雑菌を持ち込まないようにする、日常の動作だった。ただし、履いていたのはいつもの長靴ではなく、華奢なハイヒールだが。

ホッキョクグマ舎の獣舎は猛獣舎のそれと同じようにコの字型の建物で、人間用の出入口は、内側の資材置き場兼駐車スペースに向いて中央部分と東側の二つあった。晴子がその東側の扉から中に入ると、多くの職員が集まっていた。

ホッキョクグマの寝室は、分厚いコンクリートの壁、重い鉄の扉、頑丈な格子、そして通路によって中央部分に二つ、東側と西側に一つずつと、大きく四つに分かれていた。

東側の寝室の前に出ると、格子の向こうでオスのホッキョクグマ・デルタが動き回るのが目に入ってきた。体長二メートルをゆうに超える巨体は、二本足で立ち上がることもできるので、それに合わせてホッキョクグマの寝室の天井は高く作られていたが、その天井に届くかと思うばかりに、デルタが伸びては屈んだ。激しい息遣いを感じる。

久しぶりに大勢の人間を見て、何事があったのかと興奮しているのだ。

晴子が車内で男に語ったように『ホッキョクグマは観覧制限中』であり、飼育員すらも近づかないようにしていたからだ。

全ては、今年の春にオスのデルタとの繁殖行為が認められたアルルの出産・育児準備のためだった。

ホッキョクグマの妊娠は外見上分かりにくい。食欲がなくなる、産室に籠るようになる、乳頭が張るなどの兆候があるというが、今回のアルルは食欲は落ちたものの他の兆候は顕著には見られなかった。しかし、妊娠している可能性がある限り、準備はしっかりしなければならないのだ。

野生のホッキョクグマのメスは雪の中に巣穴を掘って子どもを産み育てる。

雪は冷たいが、その中は温かく雪は音を吸収する。広い雪原に音は少ない。狭い巣穴に光はささないが、外敵から母子を守ってくれる——。そんな狭くて暗く温かく、そして静かな場所こそが、彼女たちが求める『子育てをするに相応しい安全な場所』だった。

そこで、坂上動物園はそれに近い環境を整えた。アルルの産室は、西側の寝室内に入口があり、メスのホッキョクグマ一頭がやっと入れるぐらいの狭い通路を経て、小さな半球状の空間となる。そこは雪の代わりにウッドチップが敷かれた、暗くて狭く温かい場所だった。

静寂な環境は、坂上動物園は獣舎内に防音扉を設置するだけでなく、先例に倣って、周辺を封鎖して来園者の立ち入りを制限することでそれを実現させようとした。後から併設されたホッキョクグマ舎に来園者が行くには、猛獣舎前を通る道と爬虫類館前を通る道の二つがあるが、そこから先に施設はなく、立ち入り禁止にしても園内の動線には支障が出ない。北側にも鬱蒼とした山があり、かなり騒音を抑えることができる。

そのうえで、出産シーズンの十一月に入ると、あらかじめ餌を増やしてたっぷりと出産・育児に必要な栄養をつけてもらったアルルを寝室へ入れ、放飼場に出すのはやめる。産室付きの寝室周りも防音パネルで厳重に囲って、光や音が入らないようにした。

アルルの様子を見ながら、残りの通路も完全に封鎖された。その後は、出産と育児が確定されるか『今年はなし』と判断されるまで、アルルは地下を通じて流し入れる水のみの生活になる。

そこまで準備しても、出産するのか？　また、無事に生まれても育児を始めるのかどうかは、そのホッキョクグマの性格やその時の僅かな環境の差に左右される。人間はまだ、ホッキョクグマの全てを知ることはできない。だからこそ、飼育員達はできる限りのことをして待った。

そうした飼育員達の気持ちが届いたのか、今朝、アルルは無事に出産したのだ。

坂上動物園待望のホッキョクグマの出産に園は歓喜にわいた。

そして今、出産を喜ぶ間もなくアルルの育児放棄が発覚し、寝室へ続く通路の封鎖は解かれ、一ヶ月ぶりに光が入る。先行した飼育員達が手際よく、アルルの寝室と下界を遮断していた防音扉を開ける。

腰を屈め低く小さな扉を潜ると、「ぎゃあぎゃあ」という凄まじい鳴き声が聞こえてくる。アルルは出産の床となった寝室の中で、さかんに首を振っていた。初めての出産に混乱しているのかもしれない。

——床に白い塊があった。

その塊が、さっきから「ぎゃあぎゃあ」と鳴いている正体であった。小さな身体から出ているとは思えないほどの大きな声だったが、アルルは自分の産んだ赤ん坊に興味を持つ様子を見せない。

「駄目なの……？　アルル……」

晴子は悔しさとドレスのスカートに埋もれた。

飼育員達がアルルを誘い出す。それを確認した多賀は志波と共に、寝室内を区切る扉を閉じ、赤ん坊と引き離す。それから空いた方の寝室の飼育員用入口扉の二重鍵をガチャガチャと開けた。

「よし、今だ！　御前園！　赤ん坊を保護しろ！」

止めたにもかかわらずついてきた晴子を認めた多賀は、こうなったら！と指示を出す。

多賀の声を聞き、晴子は眼鏡のない視界の中でも、アルルが移動したことを確認すると、母親に見捨てられた赤ちゃんグマを拾い上げる。

晴子の両手に収まるほどの小ささだ。

「可愛い……」

赤ちゃんグマは晴子の手の中で「ぎゃあぎゃあ」と鳴きながら、もぞもぞと体を動かした。本能で母グマのおっぱいを探しているのかもしれない。必死に生きようとする赤ちゃんグマに晴子の目頭が熱くなる。

まだ生まれたばかりの小さい身体を大事に持ち、晴子は寝室から出ようとした。

「御前園、もう一頭いるはずだ！」と、多賀の声がした。

部屋を見回すと、確かに、もう一頭、白い塊が隅で蠢《うごめ》いているのがおぼろげに見える。

あやうく見落とすところだった。

「この子を、お願いします！」

多賀が用意したタオルの上に赤ちゃんグマを預け、もう一頭も無事に保護する。

そのまま獣舎の扉ギリギリにつけた獣医の運転する車に乗るように促された。

外に出ると、それまで興奮状態で気がつかなかった寒さが襲ってきた。

雨はいつの間にか、ちらつく雪に変わっていた。

花嫁のむき出しの肩にそれが落ちて、溶けた。手が震える。二頭の赤ちゃんグマを濡らさないように、落とさないように、しっかりと抱き、晴子は車に乗り込んだ。

動物園に着いた獣医は晴子の手から赤ちゃんグマを受け取ると早速、処置を行い始めた。

ホッキョクグマのメスは三百キロの巨体なのに対して、赤ちゃんは僅か六百グラムほどだ。

それを一頭から二頭、産み育てる。無事に成長すれば、オスの場合、六百キロを超えるほど大きくなる。

晴子は病院の職員に追い立てられるように、動物園の管理事務所に移動した。

東門のすぐそばに建てられた管理事務所にはチケット売り場が付属し、他は事務室、飼育員室、園長室、そして飼育員の衛生を保つためのシャワールームがあった。

シャワールームで晴子はドレスを脱ぎ、コルセットの戒めを解く。結い上げられ、整髪料で固められた髪の毛を湯でほぐし、氷雨に濡れた身体をさっぱりと洗い温まると、晴子は束の間ホッとした。ロッカーから着なれたつなぎを取り出す。背中に動物園のロゴと名前が大きく書いてあるものだ。髪を乾かし、手櫛で無造作に一本に縛り、予備の眼鏡をかけた。

晴子がシャワールームを出て、管理事務所内の飼育員室に行くと、すでに検討がなされていたのだろう、園長や経営に関わる人達が集まり、ホッキョクグマの人工哺育《ほいく》に関する決定がなされていた。

「御前園飼育員、あなたに世話を頼めますか？」

園長が彼女に言った。晴子は息を呑んだ。

「私がですか？」

母グマが育児放棄をした以上、それしか方法はなかった。しかし、ホッキョクグマの人工哺育は世界でも数例しか成功例がない、難しいものだ。そう簡単に返事はできない。

「そうです。ずっと親身に彼らの世話をしてきた御前園さん、あなたに頼みたい」

厳かに園長が頷く。

アルルの子ども達だ。やりたくない訳ではない。

そうは思った彼女だったが、その重責に気分が悪くなってきた。

「二頭とも……ですか？」

「そうです」

「御前園……」

園長に代わり、先輩飼育員の多賀が説明を始めた。

「一頭でも大変なホッキョクグマの人工哺育だ。躊躇《ためら》う気持ちも分かる。が、私は二頭を一緒に育てることが大事だと思っている。人とだけでなく、自分と同じ種類の動物……ホッキョクグマ同士が互いに接触して育つことは、将来を考えると大切なことだ」

晴子の目を見ながら、多賀は言葉を続ける。

「あの子達をただ大きく育てるだけではない。そこからさらに命を引き継ぐこともまた、我々の重要な責務なのだから。アルルは子どもを二頭産み、幸いなことに怪我をさせていなかった。獣医によれば、二頭とも今のところ元気だそうだ。あの状況では、ほとんど奇跡のようなことだ。不幸中の幸いだ」

多賀飼育員は晴子がすでに理解しているだろうことを、改めて言葉にして聞かせた。

きっと彼自身が育てたくてたまらないのだろう。

実は晴子は多賀が先代のホッキョクグマを担当していた頃から顔見知りだった。

彼女は子供の時からホッキョクグマが好きでその放飼場によく行っていた。老齢により先代の二頭が相次いで亡くなった時、花を供えにいった彼女は主のいなくなった放飼場の前に立ち尽くす多賀を見た。

時が経ち、動物園に再びホッキョクグマが姿を現した時、二人は若手飼育員と動物好きの少女から、ベテラン飼育員と新人飼育員になっていた。アルルが遊ぶ放飼場の前で多賀は言った。

「御前園、俺は今度こそ、繁殖を成功させるぞ」

晴子は先代のホッキョクグマを失った時の多賀の姿を思い出した。

あれは、ただ愛する存在がいなくなったことを、悲しんでいる姿ではなかった。『種の保存』の役割を持つ動物園の飼育員として、ホッキョクグマを次の世代へ繋げなかったことへの後悔の姿だったのだ。彼のホッキョクグマの繁殖に賭ける気持ちは人一倍強い。晴子はそれを知っていた。

それでも多賀が今回、晴子に任せることにしたのは、猛獣班の班長としての判断だ。人手が不足している訳ではないが、余っている訳でもない坂上動物園では、一人の人間が勤務シフトを長期離脱すれば、皺《しわ》寄せがくる。ベテランの多賀の場合、痛手は大きい。二十四時間つきっきりになる必要のあるホッキョクグマの人工哺育をする訳にはいかない。

通常業務につけなくなる飼育員の穴を埋め、猛獣班の飼育員と動物の安全を守り、担当飼育員が安心して人工哺育に専念できる環境づくりこそ、自分の役割と判断したのだ。

中堅飼育員の晴子もなくてはならない存在だったが、ホッキョクグマの人工哺育を頼むならば、御前園をおいて他になし、と言うのが多賀の本心だった。

あの時、ホッキョクグマの放飼場の前で、共に誓ったのだ。

アルルの命を引き継ぐために、力を尽くすと――。

「分かりました……全力で、この身に代えても必ずや、この子達を育てあげます！」

緊張と興奮の中で晴子は宣言し、その場の一人を除く人間から細かく小さな拍手を受けた。

「いやー、よかったよ。人工哺育になれば御前園の力が必要とは思ったが、結婚式の後は新婚旅行だろう？　新婚には頼みにくいな、どうしようと思っていたが、ずいぶんと理解のありそうないい新郎じゃないか！」

「え？」

言っている意味が理解できない晴子に、多賀は笑顔を向けた。

「花嫁の仕事の一大事に、結婚式を取りやめて職場に連れてくるなんて、なかなかできるもんじゃない。挨拶に来ないのはともかく、写真も見せてくれないから、どんな男と結婚するかと思っていたが、あんまり男前だから紹介するのが恥ずかしかったのか？」

「はい？」

多賀に聞かれたことの意味が分からず、晴子はきょとんとする。

多賀の視線の先には、晴子の人生史上、もっとも綺麗な顔をした人類が立っていた。

「だ……誰!?」

涼やかな目元に、形のよい鼻梁《びりょう》。綺麗な唇。完璧な造形だ。おまけに、着ている服も並の品質ではないようだ。花婿と間違えられるのも無理はない。

赤ちゃんグマの救出作戦を終えた多賀も、留守を任せた飼育員から報告を受け、タオルを借りているその男を見て、もしや晴子の結婚相手ではないかと思い、管理事務所まで丁寧に案内してきたのだ。

男が着ている高級スーツも同じように高そうな靴も、濡れていて所々汚れていた。彼女が車に忘れたベールを持って、追いかけてきたからだ。

「あ……外車の人！　ご、ごめんなさーい！」

男に向かって何度も頭を下げる晴子に、いつの間にか駆けつけていた同僚で親友の太宰は言った。

「旦那……じゃないのね？」

「ないない！　ありえない！　こんな美形！　ものすごい美形な上に、どっから見てもお金持ちのハイスペックな男！　服だけじゃないのよ、外車に乗ってるんだから！　しかも、滅茶苦茶いいシートだったわ！　どう考えても私の範疇《はんちゅう》じゃないわよ！　こっちは見合いでやっと相手をみつけた挙句、結婚する前からモラハラしてくる最低な男だったのよ……」

俗っぽい言葉の羅列に、普段着が花婿レベルの男は無表情ながらもどこか不愉快そうだった。

「モラハラ!?　どうりで最近、元気がないと思ってた。てっきりマリッジブルーだと思っていたけど、それが原因だったのね！　で？　その様子を見ると……」

「そうよ！　逃げてきたのよ！　結婚式場から――」

そこまで言って、晴子ははたと自分が雨の中に全て置いてきた現実に突き当たる。

結婚式当日にドタキャンした。今頃、相手の男は激怒しているだろうし、両親は娘の暴挙に困りきっているだろう。招待客はどうしただろうか。遠方から呼んだ人もいたのに。

「御前園……」

不安そうに太宰が名前を呼んだ。

「どうしよう……ウエディングドレスも汚しちゃったし……買い取りだろうな。いくらだろう。式場のお金も払ってないのに……。結納金は返すとしても違約金？　慰謝料？」

晴子は呆然と膝から崩れ落ちた。

床に突っ伏す彼女に、周囲はどう声をかけたものか途方に暮れ、ただ黙って見守った。

しばらくすると晴子は決然と顔を上げた。考えても仕方がないことで、頭を悩ませている場合ではない。

お金なら、なんとかする。これまでの貯金を全部おろし、定期も生命保険も解約すればいい。足りなかったら、働いてコツコツ返す。必ず返す。

親には縁を切られるかもしれないが、それで相手側の怒りを鎮めてもらえれば、自分は構わない。それだけのことをしたのだから。

それよりも、クマだ。ホッキョクグマの赤ちゃんだ。

晴子の耳には、動物病院に預けた赤ちゃんグマが親を求めて鳴く声が聞こえたような気がした。あの必死に生きようとしている二頭を前に、自分のお金とか、信用なんてものはどうでもよかった。

二頭を育ててあげるのだ。とにかく、まずは一ヶ月、あの子達から目を離したり、意識を余所《よそ》に飛ばしたりはすまい。そんな暇はない。一瞬の油断が文字通り、命とりになる。

おもむろに立ち上がると、晴子は万が一を考えて集めていたホッキョクグマの人工哺育に関する資料をまとめたノートを自分の机から取り上げた。

まずは授乳である。

できればアルルの初乳を手に入れたい。ヒトと同じくホッキョクグマも、初乳は通常の母乳とは違う。生きるための免疫を作るために必要な栄養素が特に含まれるとされている。それを与えることで、感染症に弱い赤ん坊の生存率を上げることが期待される。

「ちょっと、もう一度獣医さんの所へ行ってきます」

晴子は多賀と共に獣医に相談するべく、再び動物病院へと向かった。

困った顔を浮かべながらも、その美貌が崩れない男はまたも、そこに取り残された。

＊

「も、申し訳ありません……あの、それでどちら様で……？」

もはやホッキョクグマの赤ん坊以外、目に入らなくなった飼育員に代わり、立派な身なりの若者に園長がおずおずと尋ねた。

彼は年若いその男に只者ではない雰囲気を感じていた。

男は汚れた高級スーツの内ポケットから名刺ケースを取り出すと、その中から園長に名刺を差し出す。

「雨宮一《あまみやはじめ》、と申します」

「あ……あまみや……」

男――雨宮一の名刺を見た園長の手が震えた。園長は彼の名前を知っていた。部下である御前園晴子が連れてきた男は、よりにもよって泣く子も愛想笑いをして手を揉む、この国随一の大企業群を率いる雨宮家の御曹司だったのだ。

人工哺育

晴子は、挙げるはずだった式と行くはずだった新婚旅行のために休暇申請をしていたので、ホッキョクグマ誕生後、最初の一週間は予め彼女なしのシフトが組まれており、他の飼育員に迷惑をかけることなく双子の赤ちゃんグマの育児に専念できていた。

彼女は今、自分が借りているアパートではなく、元飼育員であり動物園の近くに居を構える定年退職した奈良昭三《ならしょうぞう》の家に厄介になっていた。職を辞した後も、ボランティアとして動物園で動物の解説などをしていた彼は、ホッキョクグマが誕生した日もそこにいた。そして、人工哺育の場として、自宅の提供を申し出たのだった。

最新式の哺育施設を持つ動物園では、飼育員達が交代で動物の子どもの面倒を見る例もあるが、そのような環境下にない坂上動物園の動物病院内ではスペースもない。他の動物達の診察などもあり、赤ん坊を育てる衛生環境を保持できないと考え、園長も奈良の申し出をありがたく受けることにした。

野生のホッキョクグマの母親は、巣穴に籠って子どもを育てる。

まだ目が開かず、においだけで周囲を判断すると思われる赤ちゃんグマの混乱を避けるため基本、晴子が面倒をみなくてはならない。

そこで問題となったのは、人間の女性である晴子の住環境だ。

動物園に住み込み、サポート要員をつければ物理的には、食事も風呂も園内でできなくもない。だが、「それでは晴子ちゃんが参ってしまう」と、奈良が手を上げてくれたのだ。

娘は嫁ぎ、夫婦二人の暮らし。子どもの頃から動物園によく遊びにきていた晴子を、実の娘のように可愛がっていた奈良は、彼女が飼育員になった時はわがことのように喜び、飼育員人生最後の残り時間を使い自らの経験を伝え、心構えを説いた。

自分の申し出が通ったと知った奈良は自宅に走った。

ホッキョクグマの赤ちゃん二頭が、家に来ることを聞いた妻が、動じることはなかった。

「それならすぐに、準備しなくちゃね」

そう言って微笑んだ。この動物馬鹿と四十年、付き合ってきたのだ。そういうこともあるだろう。妻にはライオンが来たって驚かない自信があった。

ただ、家にもよく遊びにきていた晴子が、結婚式から逃げてきたことを聞いた時は、心底驚いた。妻はホッキョクグマよりも晴子を心配した。

とにかく、晴子の結婚祝いに、と用意していたペアカップの包みを見つからないように戸棚の奥深くに隠し、二階の使われていない部屋を掃除していると、動物園から数人の若者が手伝いにやってきてくれた。余計な家具を運び出し、畳を一度上げ、裏に溜まった埃まで掃除した。

こうして、その部屋は晴子と赤ちゃんグマの〝巣穴〟になったのだ。

御前園晴子はマリッジブルーから、育児ノイローゼ気味になっていた。

二頭の子グマは、人間の赤ちゃんと同じだった。二時間おきにミルクを求め、何か気に入らないことがあれば鳴き喚《わめ》く。肛門を刺激して排泄を促す必要もあった。

それが二頭分である。

睡眠不足が続き、体力的にもつらいうえに大切な双子を預かっているという責任が重く晴子にのしかかる。

しかも、膨大なノウハウがある人間の赤ちゃんとは違って、ホッキョクグマの人口哺育の成功例は、国内では片手に足りる数しかないというところだ。

その僅かな例を参考にして、体重の変化と便の状態を見ながら、双子それぞれに合う犬用のミルクの配合とやり方を探り出す。

大変ではあったが、双子の寝顔を見ると笑顔になる。

そして晴子は双子の違いが少しずつ分かるようになっていた。

いつかは別れなければいけないのは分かっている晴子だが、便宜上呼び名がないと不便なので、活発に動きまわり、少し大きい子を『ひぃ』、大人しくて小さめの子を『ふぅ』と呼ぶことにした。

ちなみにホッキョクグマはその名の通り、北極圏やその周辺に住むクマである。

シロクマと呼ばれることもあるが、昔、初めてホッキョクグマが国内の動物園にやってきた時、先住の白いツキノワグマが『シロクマ』と呼ばれていた。そこで、この白いクマのことは『ホッキョクグマ』と称されるようになったのだそうだ。

ホッキョクグマは白いクマに見えるかもしれないが、その体毛も肌も白色ではない。肌は黒く、毛は透明で中は空洞になっている。それによって太陽光を集め、保温し、分厚い脂肪とともに寒さから身を守っている。

つまり、ホッキョクグマだって寒いのである。寒いからこそ、そんな防寒方法を得たのだろう。まだ小さく、毛もまばらな赤ちゃんグマは、野生では母親が掘った雪穴の中で暖かく過ごす。

晴子もまた、双子の赤ちゃんグマのそばから離れることなく、〝巣穴〟の中で母グマが抱くように温めていた。

ホッキョクグマが誕生して一週間。

その間に実家に連絡を入れたのは一度だけだった。

そのとき電話に出たのは弟大輝《だいき》の嫁、霞《かすみ》で、両親と弟は、晴子の引き起こした事態の収拾に当たっていて留守だった。

それでよかった。もし、両親が出ていたら晴子は冷静ではいられなかったろう。彼女が両親の携帯ではなく、実家に電話したのもそれが頭にあったからだ。

義妹に事情を説明する。行き遅れの小姑を抱えることになった彼女を、晴子は申し訳なく思った。さぞや煙たがれているだろうとも。

しかし、弟の選んだ女性はできた人で、終始明るく振る舞い、義姉の仕事の健闘を祈った。それどころか、晴子が式場に置いてきた携帯や財布、着替えを奈良家まで持ってきてくれた。

「頑張ってくださいね！　後のことは、うちの旦那に任せてください！　正直、あの新郎は虫が好かなかったです！　親戚にならなくてよかったです。お義姉さんなら、もっといい人に出会えますよ！」

それから、晴子が世話になっている奈良夫婦にも丁寧に挨拶をして去っていった。


さらに一週間、彼女は昼夜問わず〝巣穴〟に籠った。

奈良家の二階、六畳間の壁際に座り、哺乳瓶でミルクをあげた。飼育箱の中でお腹が満たされ、満足げな赤ちゃんグマを愛おしくも、注意深く観察しながら晴子の意識は婚約破棄の事実に突き当たる。

考えてはいけないと言われると、余計、頭に浮かんで離れなくなってしまうように、今はそんな場合ではないのに、どうしても振り払うことができなくなった。

結婚を取りやめたことを後悔はしていない。だが、その後始末を、親に丸投げしているだろうことに、気が咎めた。

婚約破棄という無責任なことをしでかして、その謝罪もしないという無責任なことをしている。すぐにでも謝罪と弁明をすればよかったのだが、その機を逸してしまった今では、いたずらに不安が大きくなり気弱になっていた。

それに、順調に育ちつつある双子の赤ちゃんグマを置いてのお詫び行脚など、できるはずがなかった。それは、無責任に無責任を重ねた上に、さらに無責任を積む行ためだった。

　今の自分がしなくてはいけないことは、この双子を無事に成育させることだけだ。

　ずっと一つの部屋に籠って、双子の赤ちゃんグマの育児をしている疲れも相まって、晴子の心は知らずに余裕を失っていた。

　ある時、それを見越してかどうなのか、動物園側で「御前園を出勤させてみよう」という声が上がったと奈良が部屋まで伝えに来た。

　晴子はそれを聞いて、躊躇した。だが、彼女は同時に気がついた。

　大切に温めていた双子はむずかるようになっていた。どうやら暑すぎるらしい。そう判断した晴子は、段ボールの飼育箱とその中を温めていたペット用のパネルヒーターを止め、代わりに、保温性の高い発砲スチロール製の箱に移し、双子が気に入るような温度に調整していった。

　いつまでも温かい場所に籠ってはいられないのだ。

　双子は成長し、立派な毛皮を纏《まと》い、寒い屋外で生活する強さを手に入れる。

　この〝巣穴〟は逃げ込む場所ではない、成長する場所なのだ。

　晴子は動物園に出勤することになり、双子もそれに同行することになった。

　いよいよ出勤の日。

　早朝から奈良が車を出してくれることになった。これから、毎日そうしてくれるらしい。

慢性寝不足の晴子にとって、ありがたい話だった。

今も、晴子が出勤の準備をする間、子グマの入った飼育箱を見守っていてくれる。奈良の妻は、疲れているだろう晴子の身体を案じて、黒砂糖がたっぷり入った紅茶を作り、それを大きな水筒に入れて渡した。

「晴子ちゃん、これ、持って行って。甘くておいしいわよ」

「ありがとうございます」

籠っていた間も毎日、栄養や晴子の好みを考えた食事を作ってくれ、こうして事あるごとに労わってくれる彼女に、晴子は感謝してもしきれなかった。

いつもの朝の授乳は終わっており、二頭ともお腹をパンパンにしていた。が、いつもとちがうと感じているのか、仰向けになったまま、「ぎゃあぎゃあ」と鳴き声を出していた。

やがて着替え終えた〝母親〟のにおいが近寄ってくると、安心したのか、ようやく落ち着いた。

晴子が飼育箱を抱えて外に出ると、突き刺すような寒さに身体が冷える。さらにはみぞれ混じりの雨が降っていた。

雨は嫌いだ。あの日と同じじゃないかと晴子は思う。

晴子は箱の中で二頭がすやすやと寝息を立て始めたのを確認してから、後部座席に飼育箱をそっと乗せて隣に座った。そして、もぞもぞと身動きして、自分を守るように抱きしめた。身体が温まる。

しばらくすると、うつらうつらし始めた晴子を見て、奈良は極力振動が起きないように慎重に運転した。

夢うつつの中で、ホッキョクグマの母親になった女は思った。

そういえば、あの日の車は暖かかった。肩が剝き出しのウェディングドレス姿の自分にとって適温だった。

あの人が操作したのは、カーナビとラジオだけでなく、暖房もだったのではないだろうか――？

「着いたよ」

どこか申し訳ない声で奈良が告げた。

晴子は、すぐさま覚醒した。すかさず隣を見る。飼育箱の中の可愛いホッキョクグマ二頭は、まだ、幸せそうな顔で眠っていた。

＊

ホッキョクグマの赤ちゃんは、出勤してきた職員たちの注目の的だった。

動物園での晴子と双子の場所は、猛獣舎と爬虫類館の間にある建物に設けられていた。

あの日、晴子が最初に駆けつけた場所でもある。

奈良は関係者用の通路を使い園内に入り、特別にそこまで車で乗りつける許可を受けた。

そこは広い園の北西隅にある猛獣舎や、爬虫類館等を担当する職員が、南東隅に立地する管理事務所の飼育員室に戻らなくても、ある程度の仕事や待機、休憩ができるように設けられた建物で、子育てに入る前の晴子の居場所だった。

飼育員達が使う机などが置かれたスペースと監視カメラの映像をチェックする小部屋、備品を置く部屋、そして、動物が病気の時等に飼育員が泊まる部屋があった。しかし、その宿泊部屋は物が多すぎてベッドが占領されており、普段は使わない上に、使う時ですら寝袋を持ち込んで片隅に転がるようにしている飼育員が大半だった。

だが、その雑多だった宿泊部屋を飼育員達は片付け、掃除し、ちゃんと消毒してホッキョクグマの人口哺育の場として整え、準備してくれていた。そこには晴子のためのデスクまであり、そこが今日から〝子グマ部屋〟となった。

廊下側にガラスの窓が付いているので、ホッキョクグマの赤ん坊が来たことを聞いた飼育員達が、次々と覗きにやってきた。猛獣班や爬虫類館の飼育員だけでなく、離れた場所にある鳥類館やサバンナエリアを担当する飼育員も顔を見せた。

晴子は動物園の檻の中にいる動物の気持ちになっていた。

双子達は、いきなり舞い込んできた〝いろんなにおい〟という多量の情報に混乱しているようにも見えた。先ほどまでの穏やかさがなくなり、手足をばたつかせ、見えない空気を噛むように、盛んに口を開閉している。

本来なら、まだ母グマと巣穴に籠もっている時期なのに、と晴子は心配になる。

その後も飼育員達は哺育の合間のわずかな時間に晴子が部屋から出てくれば、質問攻めにした。

餌のこと、体調のこと、どれくらい体重が増えたか、何度も同じ質問が飛び交い、その一つ一つに晴子は答えた。そして、とにかく可愛い！という賛美が幾度となく繰り返された。

職員たちの話題は全てホッキョクグマだった。

その〝母親代わり〟が結婚式で逃亡したことなど、少なくとも表面上では、誰一人、興味も関心もないように振る舞っていた。

晴子にとっても赤ちゃんグマの世話は大変ではあったが、なんとか順調に育っていることに加え、久々に奈良夫婦以外の人間と話すことはいい気分転換になった。

開園時間が近づき、各々の担当動物のもとへ行く飼育員達を見送って、晴子は双子のそばで一人、仕事をすることになった。事務仕事というものも、結構、あるのだ。それが終わったら、園内に設置している動物達の説明板のためのイラストを描くことも頼まれていた。

実家では、食品を扱っていたため、動物を飼うことは許されなかった。その代わり、幼い晴子は身近な犬・猫をはじめ、動物園に通っては様々な生き物をスケッチしてきた。

写実的に特徴を捉えつつも、愛らしさをまとった彼女の絵は園でも人気が高く、過去に坂上動物園のオリジナルグッズに採用されたこともあった。

そうだ。晴子は思いついた。双子達の絵を描いてあげよう――と。記録と広報のために、既にたくさんの動画や写真を撮っていたが、絵は、また違うだろう。

一時間後、仕事を終えた晴子は立ち上がって、手を洗い、消毒する。パソコンは菌の温床だというので、これも消毒済であったが、それでも念には念をいれた。

飼育箱に近づくと、〝母親〟の気配を察知した寝ていたはずのホッキョクグマの赤ちゃんが、「ぎゃあぎゃあ」と嬉しそうな鳴き声を上げた。

自分を求めていてくれると思うと、たまらなく愛しい気持ちが湧いてくる。優しく二頭を撫でると「ぐるぐる」と甘えるように、その手にすがりついてくる。

しばらく、好きなようにさせる。

「よしよし、いい子達ね」

晴子の手が双子のよだれまみれになってきた頃、ふと視線を感じた。

園長が窓の向こうから様子を窺《うかが》っていたのだ。

隣には奈良、その奥にも背の高い人影があったが、晴子からは死角になって誰かは分からなかった。双子から手を離し、廊下に面した窓を開けると、背の高い人間は誰かに呼ばれたのか、飼育員控室に向かっていく。

「御前園飼育員。話があるんだが、来てもらえないかな？」

園長が、その後ろ姿を気にする様子を見せながら、晴子に言った。

「ここではいけませんか？」

「十五分以内で済ませるからいいだろう。大事な人がお越しなんだ」

奈良家でもやむを得ず晴子が〝巣穴〟をあける時は十五分と決めていた。

「よければ私がここに居ますよ。何かあったらすぐに呼ぶからね」

「奈良さん、ありがとうございます。じゃあ、いつものように十五分だけお願いします」

あらかじめ、園長と奈良はそう示しあっていたのだろう。

晴子は奈良に頷くと、園長の待つ飼育員控室へと向かう。

そこで彼女を待っていたのは、見たこともない美形の男性だった。

――否。

一瞬でもそう思ったことを晴子は恥じた。彼は困りきった彼女を助けてくれた恩人だった。

雨宮一。

あの日から二週間が経っていた。

＊

一が二週間ぶりに廊下から見たホッキョクグマの赤ちゃんは、あの日の翌朝目にした、誕生を知らせる新聞記事の写真よりも二倍くらいの大きさになっている。

彼はその成長ぶりを窓越しではなく間近で見たいと望んだが、明らかに近くに寄ることは許されていない雰囲気だった。そうなるとますます見たくなったが、園長が先に飼育員控室に行くよう盛んに促してくるし、飼育員の一人の男性も、「どうぞこちらに」と言わんばかりに誘導するので、後ろ髪を引かれながらも、従うしかなかった。

とかく我が儘《まま》と思われがちな雨宮家の人間だったが、他人がお膳立てしてくれたことを、特に理由もなく無下にはしないように躾《しつ》けられていた。

ホッキョクグマの代わりに彼は、その〝母親〟と対面することになった。


御前園晴子は雨宮一の顔を見るや、一瞬、戸惑いの表情を浮かべた。眼鏡の縁を押さえ、やや前のめりに彼の顔を見て、ハッとした。それから、バツが悪そうに頬を赤らめ、俯《うつむ》いたまま向かいの古びたソファに座る。と思ったら、勢いよく立ち上がると、頭を下げた。

「その節は……大変なご迷惑をおかけして、申し訳ありませんでした！」

「そうですね。でも、謝罪は君のご両親と弟さんから散々されたから、正直、もういい」

顔を上げた晴子の目から、思いもかけず涙が流れていた。

それを見た園長は驚いたが、泣いた本人も驚いた。親と弟が、自分の代わりに頭を下げてくれたことには感謝しているし、申し訳なくも思っている。ただ、人前で泣くのは別だ。仮に仕事で失敗し、怒られたとしても、その場で泣いたことなどない。泣いて許してもらおうとしているなんて思われたくなかったからだ。

止まらない涙に、晴子が焦っていると、やたら綺麗なハンカチが差し出された。

「疲れているからですよ。私の妹も今ちょうど子育て中でそんな感じです。育てているのはホッキョクグマじゃなく、人間の赤ちゃんですが。……それも一人なので……双子はさらに大変かとは思いますが……」

「そ……そうなんですか……妹さんが……」

受け取ったハンカチは、涙を拭くには躊躇するほど白く、パリッとしている。

そのまま返そうかと思ったが、鼻水が流れ出る気配を感じ、ついそのハンカチで押さえてしまった。ふんわりと、ラベンダーの香りがした。

思わず、鼻にハンカチを当てたまま、持ち主の男の顔を見た。

誰もが見惚《みと》れるような貴公子だ。

そんな貴公子相手に、車をタクシー代わりにした挙句、謝罪にすら出向かず、さらには、涙を拭くはずのハンカチで鼻水を押さえている。

これは嫌われたな――。

そう思った晴子だったが、すぐに思い直す。年頃を過ぎたそれほど美人でもない自分と、よりどりみどりの財閥の御曹司の間に好きも嫌いも関係ないのだ、と。

気が楽になったので、本格的に鼻をかんだ。

さすがに美形の顔がゆがむ。

「ありがとうございます。洗って返しますから」

「いえ、差し上げます」

後々、面倒なことになるので、無駄に若い女性に感謝されないように気をつけていたはずの一は、思わず親切心を見せてしまったことを後悔していた。

渡された晴子も後悔していた。どちらも不本意そうに互いを見る。

「失礼ですが、私の謝罪をお求めではないとしたら、どういったご用ですか？」

そうこうしているうちにも時間は経っていくのだ。晴子はすでに双子の様子が気になり始めていた。

もうすぐ授乳の時間じゃなかったかしら？

そわそわしてきた晴子に気づき、園長は「まだ五分も経っていない」と制した。それを察した雨宮が口を開く。

「さて、仕事の話です」

晴子にとってありがたいことに、雨宮一は簡潔な人間のようだ。

園長が晴子に、分かりやすくまとめられた資料を手渡す。

「雨宮様の会社が経営しているカフェ・ぶらんこぶらんかさんとうちの動物園でコラボしたいそうなんだ。そのメインキャラクターとして、あの可愛い双子のホッキョクグマを使いたいと。いい話だろう？」

手に取った資料は、もっと穏やかな言い回しで書いてあったが、園長の話の方が現実を語っていた。

「使いたい」――。

双子が生まれた時から、分かっていたことだった。ホッキョクグマの赤ちゃんは可愛い。多くの人を魅了するだろう。

きっかけは何であろうが、とにかくホッキョクグマについて広く知ってもらい、それによって、彼らの置かれた環境や、その背後にある自然破壊について考えてもらえるのならば、この話は〝いい話〟に違いない。

そう理解はできるが、納得できるかは別の問題だ。

怪訝な顔をした晴子に、一は穏やかに資料を説明し始めた。

「カフェ・ぶらんこぶらんかは私ではなく、小野寺冬馬という者が社長をしています。そして、小野寺は社会貢献や福祉に大変な関心を持っていて、慈善活動に熱心です。今回は双子の人工哺育の支援やホッキョクグマを通じて、環境破壊や絶滅の危機にある動物への理解を深めていくお手伝いをしたいそうですよ」

「カフェで？」

「そうです。うちはカフェですから」

雨宮一が勤める『カフェ・ぶらんこぶらんか』は〝大人女子が、都会の喧騒を離れ、田舎のおばあちゃんの家に帰って、ブランコに乗ったような安らぎを得る〟というコンセプトで運営されているカフェである。

店舗ごとにテイストの違う〝田舎風〟の『カフェ・ぶらんこぶらんか』はターゲット層

のみならず、広い世代に受け、店舗数を着実に増やしていた。

ちなみに『カフェ・ぶらんこぶらんか』という名前は、スペイン語の白を意味する男性名詞、ブランコと女性名詞、ブランカをかけたもので、単に社長の趣味でつけられたものであり、もっと言えば、彼の最愛なる妻の名前が関係している。思いっきり公私混同しているのだ。

一大グループ企業のトップに君臨する雨宮家の御曹司である一は、将来的には系列のいずれかの会社の取締役といった経営陣に名を連ねることになる予定だが、雨宮家の取り決めとして、社会人になってすぐは、一社員として経験を積むこととされていた。

彼の父親である現当主、雨宮一成《かずなり》が社会人になって数年は、自らの希望でウエディングプランナーをしていたが、その会社は雨宮グループ系列のホテルのウエディング部門だった。一方、息子の一が選んだのは、雨宮家とは別の系列会社が起ち上げたカフェ・チェーンであった。

なぜ一は雨宮グループの系列会社に就職しなかったのか。理由は、カフェ・チェーンの社長である小野寺冬馬にある。一にとって小野寺はかつての恋敵であり、初めて敗北感を味わわされた男だった。恋敵が社長を務める会社に就職したのは、愛する女性を取られたことなどまったく気にしていない、仕事の実績を上げて社長の鼻を明かしてやりたいという一なりの意地だった。本人は気づいていないが、一もまた、小野寺同様に思いっきり公私混同するタイプの男だった。

ホッキョクグマの双子誕生により、世間の注目が集まる坂上動物園とのコラボレートは、一にとって、小野寺に自分を認めさせる絶好の機会になるだろう。

「今、考えているのは、動物写真家による写真展や、専門家による講演、ホッキョクグマやその生息域をイメージしたメニューの展開。クマを模したお菓子も作りたいですね。そうだ……御前園さんのご実家が作られているクマの和菓子がありますよね？　それも取り扱わせていただければと思っております」

思わぬ話題が一の口から出てきて、晴子はハンカチを握りしめた。

「もしかして『雪のシロクマ』ですか！　御前園飼育員の実家で作っている和菓子ですね。かなり人気があるようで、私もなかなか手に入れられません」

園長が言う通り『雪のシロクマ』は、『菓匠　御前園堂』でも人気のある商品だった。黒糖餡を白い〝こなし〟で包み、晴子が考案したこだわりのホッキョクグマの形に仕上げた、口当たりがよく、上品な甘さの上生菓子だ。ポイントに寒天で作った雪の結晶をクマの背中に降らせたデザインは、美味しいだけでなく、可愛い見た目も人気なのだ。

「ホッキョクグマの方が頭と耳が小さめで、首が長いでしょ？　小さな耳は体温が発散していくのを抑えるし、頭が小さく首が長いのは、氷の穴を覗いてアザラシを探すのに便利。おまけに、海を泳ぐのにも、水の抵抗を受け難い体型でもあるわね。それを言ったら、白く見える毛は雪の上では姿を隠し狩りの助けになるし、脂肪は保温の他に水に浮きやすくもする……ああ、なんて機能的！」

そんな晴子お嬢さんの熱狂的な意見を受けて、職人は何度も試作を繰り返した。

作るのに手間がかかるので、数がそれほど作れず、午前中には売れ切れる日も多かった。職人総出で作ればもっと数は増やせるが、売れるからと言って、一日中、クマばかり作る訳にはいかない。

そんな『雪のシロクマ』を一が知ったのは、御前園夫妻が雨宮家の御曹司への謝罪の手土産に持ってきたからだという。おそらく晴子が関わっていたお菓子だったからだろう。気に入ってもらえれば、少しは娘への心証がよくなるかもしれないという、親心にちがいない。それを今初めて一から聞いた晴子の目からは、ダムが決壊したように涙が流れる。

「これをうちの社長がいたく気に入ってね……。あと、箱の中にパンフレットが入っていたでしょう？」

『雪のシロクマ』は売上金の一部が野生動物の保護運動に寄付されることになっており、商品にはその趣旨を記載したパンフレットを同封させてもらっている。

カフェ・ぶらんこぶらんかの若き善良なる経営者である小野寺冬馬はそれに感銘を受け、自分の会社を使ってその運動に賛同の意を示したいと願ったのだ。

坂上動物園でも増改築をしたサバンナエリアには、資金を援助してくれた地元企業の名が掲げられていたし、他のエリアや獣舎でもスポンサーは募集していた。坂上動物園は歴史があるが、その分、様々なものが老朽化し、来園者も減っていた。

それは四十年前に増築されたホッキョクグマ舎も例外ではなかった。

それでもアルルを導入する際には改修工事をしてもらった。アルルの費用と工事は、動物園の財政をさらに圧迫したが、今回の件も考えると、産室はさらなる改善が求められる。資金はいくらあってもいい。

「今回はその規模が大きくなると捉えてください。社長の小野寺冬馬の実家は大きな企業をいくつも経営しています。今回の資金はそこからも援助してもらえます——それに我が雨宮家からも……共同出資という形になりますね」

資料の熱心さに対し、やる気の感じられない冷たい一の態度に、晴子は不安を覚えた。

あの日の車の中では、ホッキョクグマに興味を持ってくれ、楽しく会話できていたはずなのに、こうやって面と向き合って話してみるとまるで印象が違うのだ。

この人が会社を代表してきたということは、今後もこのプロジェクトの窓口になるということだろう。そして、動物園側では広報部が対応するとはいえ、ホッキョクグマが関わる以上、晴子に直接、相談を持ちかけるのだ。

一方、雨宮一は、この『カフェ・ぷらんこぷらんか　ホッキョクグマプロジェクト』に対し、決してやる気がない訳でも、興味がない訳でもなかった。

初めて一人でプロジェクトを任されることになり、候補地を探していた時に晴子に出会い、動物園とシロクマというアイデアを思いついたのだ。なにより可愛い双子のホッキョクグマに関われることは素直に嬉しいと思った。

しかしながら、それは表に出ない。美しい顔は芸術品のようで、表情が分かりにくい、という欠点があった。

ホッキョクグマ以外に関する判断能力が疲労で著しく下がっている飼育員に少しでも理解させようと、彼は懇切丁寧に説明を始めた。

しかし、晴子は意識が朦朧《もうろう》とし始めていた。おまけに一の声は、耳に心地よい涼やかな美声だった。アルファー波でも出しているかのようだった。

泣きじゃくった上に、仕事中、居眠りまでする訳にはいかない。晴子は必死で目を開けていた。その瞳に映るのは、一が資料を指し示す指先だ。

——爪先まで美しかった。マニキュアでも塗っているかと思うほど、綺麗に磨き上げられ、余分な甘皮もささくれもない。一方、彼女はといえば、度重なる手洗いと消毒で手はひどく荒れている。

奈良家ではゆっくりお風呂に浸かる暇もなかった。今日も赤ちゃんグマに影響が出ないよう、無添加の石鹸で一気に全身を洗い、化粧もしていなかった。

そんな自分の姿は、貴公子にはさぞやみっともなく見えるだろうと様子を窺うと、同じく晴子を見ていた一と目が合った。

「あの……」

全く話を聞いていなかったことに気づかれただろうか？　また軽蔑されるようなことをしてしまったと冷や冷やした晴子に、一は綺麗な指先で自分の腕時計の文字盤を指示した。

そのいかにも高そうな時計は、しかし、平等に時を刻んでいた。

「あ！　行かなきゃ!!」

予定の十五分を過ぎていた。

「御前園くん！」

園長が引き留めようとしたが、晴子はもう誰の言葉も耳に入らず部屋を飛び出して付った。

＊

「申し訳ありません」

猪突猛進、という単語が似合う部下の行動を、謝罪する。

「構いませんよ。全てはホッキョクグマ優先でお願いします。くれぐれも、我々に遠慮なさらないように。それだけは、強くお願いします」

「……わ、分かりました」

ホッキョクグマの赤ちゃんに何かあったら、元も子もない。

若いのに感心だと、園長は思いかけたが、少し引っかかった。いつも予算に追われ、経営と動物福祉、職員の雇用を守るために奔走している身として、雨宮一の申し出と鷹揚《おうよう》さは歓迎すべきはずなのに、その物言いを、〝お金に一度も苦労したことのない御曹司〟の傲慢さと感じ取ってしまったのだ。

「どうかしましたか？」

園長が黙ってしまったので、一は気になった。

「いえ、よければ様子を見に行きませんか？」

冷たい印象を受けるだけで、特段、瑕疵《かし》のない青年に対する自分の感情を恥じた園長は、慌てて提案した。それに対し一は内心喜びながらも、美貌を崩すことなく、「よろしいのですか？」と、一応の懸念を示した。

園長はまたもや、彼自身はそんなにホッキョクグマには興味がないのかな？　と思いながらも、「とは言っても、窓の外からです。ホッキョクグマの赤ちゃんのいる部屋の中には入れませんよ」と告げた。

「何しろ怖い『母グマ』が見張っていますからね。下手な真似をしたら、私といえども、彼女の爪に引っ掻《か》かれそうです」

多少、冗談めかした園長の言葉に、一は内心ガッカリしながらも、その光景を容易に想像することができた。

ホッキョクグマの〝母親〟になった女性は、初めて会った時は全てに見捨てられたかのように泣いている女の子だったが、いざとなった時の胆力は驚嘆すべきものがあった。

何しろ、彼女は結婚式を逃げ出し、雨宮一の車を強奪したのだから――。

＊

晴子が子グマ部屋に戻ると、その姿を見た奈良が安堵の声を上げた。

「晴子ちゃん、晴子ちゃん。今、電話しようと思っていたところなんだ。鳴きやまなくてね」

飼育箱の中から「ぎゃあぎゃあ」と不機嫌そのもの、という声が聞こえてきた。

「ああ、お腹が空いているんです」

元飼育員でもあり、家でも手伝ってくれていた奈良は頷くと、殺菌し、磨き上げておいた哺乳瓶に手際よく規定通りのミルクを作り始めた。

授乳の準備が整うまで、彼女は双子達を宥《なだ》めることにした。

〝母親〟が戻ってきたことを察知した双子は、少し機嫌を直したが、それで余計、期待させてしまった。ミルクを求め、手足が虚空を摑む。指を差し出すと、懸命にしゃぶるが、それでお腹は満たされない。

いっそ自分がホッキョクグマだったらよかったのに。

晴子は奈良家でも、ことあるごとにもどかしく思い、そのせいである夢をよく見るようになっていた。

ホッキョクグマになる夢だ。そこでは双子の訴えることは、なんでも理解できたし、ミルクも与えることができた。

――そういう時は決まって、双子がミルクを求め、鳴いていた。

急いで起き上がって、授乳する。そんな細切れな睡眠を子育て中、〝巣穴〟では幾度も繰り返していた。

晴子は奈良から適温のミルクを受け取り、器用に二頭同時に与える。

今日、子グマ部屋にやって来てからやっとミルクにありついた双子のホッキョクグマは、嬉しそうに哺乳瓶に吸い付いた。

その様子を一はガラス窓の外から見ていた。

晴子の手に吸いつく姿も、身体いっぱいにミルクを満たそうとするかの如く、勢いよく吸い込む姿も、実に微笑ましい。

普段は雨宮の名で優遇してもらうのは好まない彼だったが、今こそその名を振りかざして、哺乳瓶を持つ権利を譲ってもらいたい、と彼は思った。


ほとんど凝視に近い一の視線を感じ、晴子は困った。三十間近といえども、心は乙女なのだ。美形にじっと見つめられるのは居心地が悪い。たとえ彼の視線の先がホッキョクグマであったとしてもだ。

『あなた達も大変ね。これからずっといろんな人間にこうやって外から見られ続けるのよ』

自分達が動物園で生まれ、そこで育っていくことを理解していないであろう双子に晴子は心の中で語りかけた。

――コンコン。

窓ガラスが遠慮がちに叩かれた。

見ると、雨宮一が自分のスマホを示した。写真を撮りたい、ということらしい。

晴子は自分が写るのが嫌で断りたかったが、横の園長はどうぞどうぞという動作をした。写真なら自分が撮ったものが大量にあるのに……。

ガラスは透明で頼りなかったが、なかなかどうしていい仕事をした。照明の関係でどうしても反射してしまうらしく、男に写真を撮らせることを拒否したのだ。いくら性能が上がったとはいえ、スマホのカメラ機能では限界がある。

角度や位置を試行錯誤する美形の姿は、やや滑稽に見えた。格好いいからと言って、どんな動作も様になるという訳ではないことを晴子は初めて知った。そして、おかしかった。

立ったりしゃがんだり、斜めになったり、スマホを縦にしてみたり横に構えてみたり、首を傾《かし》げ、写真を撮ろうとしている姿に思わず笑みが漏れる。どうやら彼のホッキョクグマに対する興味は失われた訳ではないようだ。

『くすっ……あなた達って、生まれてまだ一週間もしないうちに、あんなイケメン高スペック男子をメロメロにしちゃうのね。羨ましい。将来が楽しみだわ』

いつの間にか立場が逆転して、見られる側から、見る側になっていた。

〝母親〟がリラックスしたからか、ミルクに満足したからか、双子は機嫌よくゲップをした。

「よしよし」

飼育箱の中に戻そうと哺乳瓶を置き、体勢を整えようとした時、それまでいなかった先輩飼育員、多賀の声がした。

「御前園」

「はい？」

突然、名前を呼ばれた晴子は顔を上げた。同時にシャッターの電子音が鳴る。

戸口の近くで多賀がスマホを構えていた。それも、彼のものではなく、さっきまで窓の外で雨宮一が持っていたものを。

通りかかった多賀が一の姿を見かねて、こっそりとドアを開け、その隙間から代わりに一枚、撮ってあげたのだ。

ええ？　私の顔も写ってない？

遠目だったとはいえ、晴子も込みで撮ってある可能性が高い。

〝消してください！〟と怒った顔をしたものの、ドアはすぐさま閉められ、スマホは一の手に渡されてしまう。

声なき声が聞こえたらしく一が窓の外から綺麗な指先で四角を描いた。

「トリミングするから大丈夫？」

その動きはそう読めた。その配慮が嬉しくもあり、腹立たしかった。

＊

多賀の親切で撮られた写真には晴子が案じた通り、彼女の姿があった。

双子が満足したのを見て、幸せそうな〝母親〟の笑みが残る顔でこちらを見上げている。それに反応したのか、一頭の赤ちゃんグマも同じような方向を見ていた。もう一頭は、お腹いっぱいの満ち足りた顔を〝母親〟の身体に押し付けている。

消すにはもったいないほど可愛いクマの写真だったので、一が窓の向こうで怒っている晴子の部分は切り取る、と伝えたら冷たい目をされた。

「消してください！」って言ったのは、そっちじゃないか。

せっかく気遣ったのに不服そうな晴子に苦笑した。女性はどうしてこうも感情がコロコロ変わるんだろう。

トリミングは後でするとして、一はそろそろ会社に戻ることにした。

その前に、先ほどから気になっていた質問を園長にする。

「あの双子の名前、なんていうんですか？」

廊下に沈黙が流れ、一は不思議に思った。

自分はそんなに変なことを聞いただろうか？

変なことではなかったが、ホッキョクグマにはまだ名前がついていなかった。

どうやら、後日、赤ちゃんグマの写生会を開く予定があるそうだ。子ども達が考えた名前を書いた絵を飾って、来園者のみなさんに投票してもらい、ホッキョクグマにさらに親しみをもってもらおうというのが園長の計画らしい。

双子を育てるのに晴子は便宜上『ひぃ』と『ふぅ』と呼んでいたが、あまり呼ばないように気をつけていた。自分の名前がそれだと思うようになったら、新しく本当の名前が付いた時、二頭が混乱するかもしれないからだ。

ちなみに名付けられるのは無事に成長し、お披露目を果たした後なのでまだ先になりそうだと園長が説明する。

「そうなんですか」

名前があった方が販促物を作るのもイベントをするにも便利なので、少しやりづらいなと思ったが、一は納得した。

「では、性別は？」

一が今度も何気なく聞いた。

が、返ってきた答えは「分からない」だった。

「え？」

一の反応に、多賀は我が意を得たとばかりに笑った。

「ホッキョクグマの性別を見分けるのは難しいのです。御前園はどちらもメスだと言っていますが、見た目だけでなく、遺伝子検査も行おうと思います。念のため、二回はしてみようかと。いずれ繁殖のために他の動物園に移す時にも、間違いがあっては困りますから」

「え……！　ずっとここで育てないのですか？」

今度の一の反応は予想外だった。

まるで、自分の娘から結婚相手を紹介したいと告げられた時と同じような反応だなと、かつてそれを経験をしたことがある奈良と多賀は思った。

会社に戻り、坂上動物園との交渉結果をまとめると、一のその日の仕事は終わった。

大きな紙袋を抱え、家に帰る。

そこまでは普通の会社員と何ら変わらない行動だった。

しかし、帰る先は雨宮邸。『家』という一般的な概念には収まらない、豪邸である。

雨宮一を迎えるのは、血の繋がらない家人と、それから犬である。雑種ではあるが、先祖はクマと戦い勝ったという由緒正しい猟犬だ。灰色の毛並みで、オオカミのようにも見える。猛々《たけだけ》しい面構えだったが、いつも一の姿を見ると、嬉しそうに駆け寄り、尻尾を振るのだ。

「ただいま。ヤマ」

が、その日は、ヤマと呼ばれた犬は「ぐるる」と唸った。

「どうした？」

ご主人様が近寄ると、においを嗅いだ。

「ああ、今日も動物園に行ったんだ。気になるかい？」

ホッキョクグマが生まれた日も、警戒されてしまった。

クマと戦った先祖の血が呼び覚まされるのかもしれない。とはいえ、ヤマは一緒に生まれた兄弟犬と比べて甘えん坊だった。そして甘やかされていた。他の犬は番犬として外で飼われているのに、ヤマは室内にいる。生まれた時、病弱だったせいで雨宮家の人間がそうしたのだ。

今ではすっかり元気になったものの、他の犬と一緒の扱いを受けるつもりは毛頭なく、雨宮の家族の一員のような顔をして邸内を闊歩《かっぽ》しているのである。

思う存分においを嗅ぎ終えると、ヤマは納得したように一の手を舐めた。それから、移動する彼に付き添う。ご機嫌に揺れる立派な尻尾が足に当たる。一が足をとめると、ようやく遊んでくれるのかと、まとわりついた。

「待て。まだ駄目だ。ここで、いい子にしているんだよ」

大人しくお座りをしたヤマを待たせると、紙袋を抱えたまま彼はある部屋の扉を軽くノックした。

「ただいま、姫《ひめ》。小町《こまち》は元気？」

先ほどのホッキョクグマの〝母親〟には睨《にら》まれたが、今度の〝母親〟には優しく迎え入れられた。

雨宮一の妹、秋原《あきはら》姫は、夫婦で海外に住んでいたが、夫の仕事の関係で一時帰国するにあたり、自身の里帰り出産もあり、実家に身を寄せていた。

彼女の娘、小町は生まれた時から豪華な天蓋《てんがい》付のベッドで寝ていた。スヤスヤと機嫌よく寝ている様子に伯父の頬も緩む。

妹にできた初めての娘は、彼の両親にとっても初めての孫で、その可愛がりようは尋常ではなかった。生まれる前から、結婚する気配のない長男を見限って、小町に雨宮家の後を継がせようと先走ったこともあったくらいだ。

自分の娘の将来を守るために姫は、兄を結婚させようと画策し始めていた。とりあえず、〝我が子〟というものはかけがえのない存在であり、大変可愛いものだということをアピールをすることから始めていたので、こうして実家にいる今、兄の姪への訪問は人歓迎であった。

「お土産だよ」

紙袋の中から出てきたのは大きなホッキョクグマのぬいぐるみだった。兄が買ってくるものにしてはチープな作りだったが、可愛いぬいぐるみを母親である姫は喜んで受け取った。

「ありがとうございます」

姫は小町の隣にぬいぐるみをそっと置いた。

「小町、気に入ってくれるかな？　――痛っ！」

自分も姪の姿をもっとよく見ようとそばに寄る途中で、一は何か固いものを踏んだ。室内履きでは防ぎきれない小さな痛みを与えた正体を拾ってみると、赤いブロックだった。

「あ！　今日、真白《ましろ》ちゃんが来ていて……片付け忘れたのね」

昼間、彼女の親友が子どもを連れて訪れていた。小町と同い年の男の子と、一歳年上の男の子で、その子達が遊んで行った名残である。

「――そうなんだ……来ていたんだ」

赤いブロックをサイドテーブルの上に置いた一は改めて、姫の近くに寄る。

坂上動物園で売っている一番大きなサイズのホッキョクグマのぬいぐるみは、小町よりも大きかった。

「お兄様？」

「何？」

勤めている会社の社長夫人であり、妹の親友である小野寺真白に、兄がかつて憎からぬ思いを抱いていたのを知る姫は、その感情の動きが気になった。すでに二人の男の子の母親になった女性に、いつまでも心を残していたら、次の恋愛に繋がらない。けれど、妹といえども、兄の秀麗な顔から読み取れる情報は皆無だった。

「えっと……珍しいですね。こんな……ぬいぐるみを買ってくるなんて」

「縁があって、動物園と仕事をすることになってね。挨拶代わりに買ってきた」

「まあ！　動物園？」

できれば動物園よりも女性と縁を結んでほしいと願う妹に、兄は続けた。

「ホッキョクグマの赤ちゃんが生まれたんだ。見るかい？　可愛いよ」

一はスマホを取り出すと、写真アプリを開いた。微笑んでいる晴子と目が合った。

一瞬、それを覗きこんだ姫は兄が動揺した気配を察知したが、そのまま、画面の赤ちゃんグマの部分だけを拡大して見せられ、感想を求められた。「ほら、可愛いだろう？」と。

確かに可愛かった。けれども姫の本心は、一緒に写ってる女の人の顔を見せて！というものだった。

若い女性だった。化粧はしていなかったが、優しい顔立ちをしているように見えた。兄の方は、写真の中の赤ちゃんグマに改めて見惚れているようだ。

一が自室に戻るのを見届けて、姫はぬいぐるみのタグから、そのお土産を売っていた場所を特定した。

坂上動物園——。

彼女はその名前を強く、心に留めた。

正体がばれた雨男

そして一ヶ月が経った。

双子の体重は三キロ近くになり、だいぶ免疫力もついてきた。まだまだ油断はできないが、それでも、着実に育っている。

結局、晴子は正月も実家には帰らず、代わりに今度も義妹がやってきて、奈良夫婦に挨拶をして、心ばかりの手土産を置いて行った。

そのとき、『雪のシロクマ』が、早速、カフェ・ぶらんこぶらんか各店で取り扱われることになったことも伝えていった。

元の結婚相手の家から取引を中止された『菓匠　御前園堂』にとって、その注文はありがたかった。クマばかりつくることになったって、店がつぶれるよりずっといい。

さらに、『身近な自然から環境に目を向けるきっかけになってほしい』という名目で、本来の季節の和菓子への注文も雨宮からあったらしい。

彼女は雨宮一が動物園側に伝えた連絡先に感謝のメールを出したくなったのを、ぐっと我慢した。

彼とは仕事上の付き合いであって、そこまでしたら仕事の範疇を超える行為だと思ったのだ。

正月明け、仕事始めの日に晴子は双子の母親、アルルの様子を見に動物園に行った。彼女は双子の世話に明け暮れてはいたが、ときどき僅かな時間を使って、アルルとデルタのいるホッキョクグマの放飼場を外から見に行くようにしていた。

坂上動物園のホッキョクグマの放飼場は、隣り合って二つあった。大きさの違いで、便宜上、大放飼場と小放飼場と呼ばれるそこは、アルルとデルタが交代でそれぞれを使用していた。ペアといえども繁殖期以外は同居することはない。

その日の天気は悪く、雪が降っていたため、客はとても少なかった。

ホッキョクグマのアルルにとっては嬉しい雪である。上機嫌なアルルは、かつて自分が二頭の子どもを産んだことをすっかり忘れているようだった。

「アルル……次の機会には、きっとあなたが子育てできるようにするからね」

この日は隣の小放飼場に出されている、雄のデルタも見に行った。双子の父親だ。

こちらももりもりおやつを食べており、元気そうだ。今年も繁殖が予定されている。

その時、頭上に傘を差し出された。

「濡れますよ」

「あ……ありがとうございます。あの……雨宮さん」

骨の数が多い立派な黒い傘は、雨宮一のものだった。

相変わらず美青年で、おまけに、優しい。

「雪の時は傘は差さないので、大丈夫です」

彼女はダウンジャケットのフードをかぶって、傘から出ようとした。

「濡れますよ。風邪を引いたら双子の面倒は誰が見るんですか？」

「もう戻りますから」

その双子のところに帰らないといけない。だから私は急いでいるのだ。晴子はドキドキした気持ちを抑え、そう自分に言い訳をした。

一はそんな彼女に、「どうぞ」と自分の傘を渡してきた。

「雨宮さんが濡れてしまいますよ」

「平気です。もう一本、持っているので」

そう言うと、一は鞄《かばん》から折り畳み傘を取り出した。

「どうぞ。お使いください」

「では、お言葉に甘えて……ありがとうございます」

大きな傘と一緒に、心が空に舞い上がってしまわないように、晴子はしっかりと傘の柄を摑んだ。

「双子の様子はどうですか？　元気でしょうか」

「――あ……はい！　とっても！」

双子は今日も元気で、ミルクをたくさん飲んだ。それを思い出しただけで、晴子の顔に笑みが浮かぶ。

「そうですか。それはよかった」

表情の分かりにくい美貌が、その瞬間緩んだ。

それを見た晴子は嬉しく思いながらも、少しでも浮かれてしまった自分を戒める。彼は双子のホッキョクグマに夢中で、自分のことはその〝母親〟と見做《みな》しているのだ。だから親切にしてくれたにすぎない。

　礼は言った。もう自分には用はないだろうと、双子が待つ子グマ部屋に帰ろうとした。なのに、なぜか雨宮一はついてくる。

「この先の、昔、売店があった場所に、カフェ・ぶらんこぶらんかの坂上動物園店を作ることになりました」

　ホッキョクグマ舎は園の最奥、北西隅にあるが、そこに至る爬虫類館の前を通る道の途中に昔は休憩所も兼ねた、小さな売店があった。晴子はそこのソフトクリームが好きでよく食べていたが、先代の二頭のホッキョクグマがいなくなった時に客足が減り、閉店していた。

　その場所に、カフェ・ぶらんこぶらんかは出店することになったと言うのだ。

　晴子は来た時と同じようにホッキョクグマ舎の裏手から、飼育員控室のある建物に繋がる関係者用通路を使う予定が、一の話を聞いているうちに、カフェ予定地の前の道を使って戻ることになってしまった。

　爬虫類館の中から、そんな二人を、太宰は目撃した。傘を差しながら雪の中を並んで歩く二人は、太宰には好ましく映る。

「寒い中歩かせてしまって申し訳ありません。ですが、御前園さんにいろいろご意見を聞かせていただきたかったのです。実は支援の一環として、ホッキョクグマエリアを増設するという話も出ています。心置きなく、意見を出してください」

一の言葉に、晴子はこれまで思い描いていた、ホッキョクグマエリアの改造計画案を出すことに決めた。

彼女はまだ夜は〝巣穴〟、昼は動物園を双子と往復する生活をしていたが、子グマ部屋にいるときは双子の面倒を見ながら、得意のホッキョクグマのイラストを用いた大量の資料を作った。

それを見た多賀は「御前園の案は夢があるが、実現するのは難しい」と言いながらも、チャンスとばかりに自身の意見を添えて後日、一に提案した。

アルルが選べるように産室の数を増やし、防音・遮光対策もさらに万全にする。獣舎と放飼場を増設し、妊娠の可能性のあるホッキョクグマと他の個体をさらに引き離す案。新設できるならば、来園者が水中で泳ぐホッキョクグマの姿を見られるような構造にしたい。動物達も人から見下ろされるよりも、高い位置にいた方がストレスがないと思われる……等々。

資金援助にしろ改造にしろ、中途半端なことはしない性質の一は、ホッキョクグマの専門家の意見や、他の動物園などを参考に、できる限り実現化に向けて奔走《ほんそう》することになった。

＊

そんな訳で、今、彼の会社の机の上は、様々なホッキョクグマ関連品で溢れかえっていた。デジタルフォトフレームには、坂上動物園のホッキョクグマの赤ちゃんの写真が随時、流れている。

人工哺育ということで、今回、普通なら見られない赤ちゃんグマの姿を間近に写真におさめることができていた。それも、〝母親〟である晴子がレンズを向けるものだから、双子はリラックスしていて、無防備であどけない姿を惜しみなく見せてくれる。

誕生して四十日を過ぎると目も開き毛も生え揃い、いよいよ可愛い。一は仕事の最中も、つい目を留めて見惚れてしまう。通りかかった社内の人間も、写真を見ては自然と笑顔になっていた。

まだ一般公開はされていないが、晴子が更新する公式ブログにあげられている情報だけでも、多くの人達が閲覧し、園にはすでに多数の問い合わせがきているという。

そんな中、一のスマホには誰も見ていない、彼だけのホッキョクグマの双子の写真が残っていた。

例の晴子も写っている写真である。双子は彼女がカメラを構えている時もいいが、彼女に抱かれている時がもっとも可愛い表情をしていると一は思っていた。

あの時の晴子の顔を思い出し、いつも後もう一度見てから画像をトリミングしようと呼び出すのだが、その度に彼女と目が合う。

化粧っ気もなく、睡眠不足と疲労で目の下に隈を作っている顔なのに、双子がミルクをたくさん飲んで元気でいる……それだけで、心の底から満足した幸せそうな顔をしている。これを消すのは、どこか忍びなかった。

別にほかの誰が見る訳でもない。

そう言い訳して、彼はいつも写真を編集するのを先延ばしにしていた。

今日もなんとなくその画像を開いた彼は、しばらく迷った後、そのままスマホをしまい、立ち上がる。

「雨宮、出かけるのか？」

「坂上動物園へ。工事の進捗状況を見に行きます」

「……そうか……言う必要はないと思うが、傘を持って行った方がいいぞ。雪が降りそうだ」

会社のビルを出ると、社長である小野寺冬馬が警告したように、鉛色の雲が重く垂れこめ、不穏な気配だった。

一月末の冬の寒さに、アルルとデルタはやはりご機嫌で、ホッキョクグマ舎のそれぞれの放飼場で遊んでいた。しかし、生後五十日が経った双子は、ご機嫌斜めだった。食欲もないようだ。

また、暑がっているのかと晴子は思った。双子が成長するにつれ、寒さを求めていった結果、ついには真冬にもかかわらず〝巣穴〟と子グマ部屋の暖房は停止され、発泡スチロール製の飼育箱は奈良特製の木製のものに代わった。取っ手と格子のついた窓がつけられ、二頭一緒に入れるほど大きい。成長して重さが増してくれば、運ぶ時は奈良や多賀の力を借りることになるだろう。

もっとも、木箱の中よりも双子は晴子のそばの方が好きだ。ただ、より寒い所に連れて行くように求めるので、冷え症で寒がりの若い女性である晴子は震え、奈良の妻は防寒インナーやカイロなどを差し入れ、晴子が動物園に出勤する時は、いつもの紅茶に生姜をたっぷり入れたものを持たせてくれた。

寒さと双子の不調に、晴子は疲れ果てながらも、むずかる双子の原因をなんとか探ろうとした。

「どうしたの？　何が気に入らないの？」

もはや体重が六キロになろうとする二頭を、晴子は両手に抱えた。どっしりと重いその感覚は、双子の成長を物語っていた。

「ぎゃあぎゃあ」

普段なら抱っこを喜ぶはずなのに、今日は晴子の腕から抜け出そうとする。

仕方がなく、下におろし、様子を見る。

「御前園？　今、大丈夫か？　お客さんが来ているんだが」

ノックをしても返事がないので、多賀が心配になって部屋の中に入ってきて、そう声を掛けた。

今、双子を置いて部屋を出たら、二頭は大暴れしそうだった。興奮状態になって、お互いを傷つけてしまう可能性もある。

「今は無理です」

「どうしてもお前に会いたいそうだ」

「——誰であっても無理です」

床の上で双子をあやしていると、口を開けた『ふぅ』の中に、白いものが見えた。

「え、ちょっと見せて？　これは！」

「どうした？」

近くに来た多賀に、晴子は『ふぅ』の口の中を見せた。

「歯が生えています！」

「ああ、なるほど。それで最近、ご機嫌斜めだったんだな」

「そうみたいです」

また一つ、成長の証が見えた。これからは離乳食の心配もしないといけなくなる。哺乳瓶から皿での食事に慣れてもらわないと。

「で、会う？」

心配事が一つ減り、一つ増えた彼女を見て、多賀は客人の存在をほのめかした。

歯が生えた喜びに浸りたかった晴子は渋った。それに原因が分かっただけで、双子は相変わらずむずかっている。

「……雨宮さんなら断ってください」

工事の様子を見に、カフェのコラボメニューの試食に、晴子がデザインすることになった双子のグッズの監修のために、ホッキョクグマエリアの改造計画の相談に……と一は最近、頻繁に顔を出していた。

話し合いの前後に、窓の外からホッキョクグマを見て帰るのだ。なんとなく、メインはそっちの方にあるんじゃないのかと晴子は疑っていた。ならば今日くらい断ってもいいだろう。双子の機嫌が悪いのだ。

「いや……まあ、彼も来たみたいだけど、先客はご両親だ」

「え？」

顔を上げると、多賀と、窓の向こうに一の顔があった。

「雨宮さんなら断ってください」という自分の言葉が、まさか聞こえてはいなかっただろうか？　もし聞こえたとしたら、まるで、自分に会いに来ていると勘違いしているように思われただろうか？　それよりも、今、多賀さんは何と言った？

「ご両親？　うちの親？　親が来ているの!?」

「ぎゃあ」「ぎゃあ」

晴子の驚いた声に呼応するように、双子が元気よく鳴いた。

「これだけ家に帰ってなきゃさすがに娘が心配だろう。そろそろ会ってやったらどうだ。ここは私に任せて」

晴子は双子を見て、首を振った。

「まだこの子達が落ち着かないので無理です」

「御前園……ご両親に会うのが怖いか？」

結婚式場から逃げ出した時の父親の顔を思い出す。娘が逃げたと知った時の失望感と悲壮感に満ちていた。

「ぎゃあ？」「ぎゃあ？」

状況を分かっているのか少し声のトーンが上がった双子を撫でる。いつもなら、母グマがする毛づくろいの代替も兼ねた二頭を宥める行為のはずなのに、今は自分の心を落ち着かせるためにしていた。

「まあ……決心がついたら出てこい」

俯いたままの後輩に、先輩はそう声をかけ、部屋を出た。

扉を閉めると、雨宮一が寄ってきた。

「どうしたんですか？」

そこで「双子に歯が生えた」という事実ではなく、「両親が来ているのに、本人が怖気づいてしまっている」という現実の方を多賀は一に伝えた。

双子が落ち着いたのは、それから一時間ほど後だった。

ようやくミルクを飲み、眠りについている。

「落ち着いたようだな」

多賀が様子を見に来た。

「はい……多賀さん？」

「なんだ」

「少しの間、この子達をお願いできますか？」

何のためにとも言わなかったし、何のためにとも聞かれなかった。

晴子が部屋から出て飼育員控室を覗くと、まだ両親は自分のことを待っていた。驚いたことに、二人は雨宮一と何やら熱心に語り合っている。

「お父さん。お母さん」

自分が発したとは思えない、か細い声だった。

いつもはもっとハキハキとした朗らかな娘の変わりように、両親も案じたように顔を上げた。

以前よりも痩せて青白く、疲れているように見えた。室内なのにダウンを着こんだままで、かなり寒そうでもある。しかし、娘を見る目はどこか誇り高いものを感じさせた。

「久しぶり」

「待たせてごめんなさい」

「いいや、雨宮さんとお話ししていたから」

晴子の父は、目の前の青年に軽く頭を下げた。

「そうよ〜！　さっきなんか、アルルとデルタのところに一緒に会いに行って、それから、カフェの建設現場を案内してもらったの。カフェはとっても可愛い感じよ！　外国のサーカスみたい！　晴子はもう見た？」

ことさら明るく母親が娘に話した。

娘はコクン、と頷き、それから一を見た。

「御前園さんにも見てもらおうと思っていたのです。坂上動物園のカフェでしか買えないオリジナルのお菓子を作ってもらう予定ですから。あの『雪のシロクマ』は可愛いですし、味もいい。うちのカフェでも好評ですが、いかんせん、デザインにこだわりすぎていて、大量生産に向きません。そこで……」

「あれを工場に委託しろって言うんですか！」

思わず話の途中で大きな声で割って入ってしまう。

晴子は家業を継がなかったものの、和菓子作りも大好きだった。

職人がその日の気温や湿度を計り、適切な餡や生地を作る。それを手に取り丸め、簡単な道具で筋を付けたり凹ませたり、捻《ひね》ったり……。

あっという間に、職人の手の中から様々な色とりどりのお菓子が生まれていくのを、幼い彼女は魔法を目の前にしているような気分で飽くことなく見ていたものだ。

はじめは面白半分で関わった新商品の開発だったが、自分のホッキョクグマへの愛情からくるこだわりを妥協せずに再現してくれようとする職人達に敬意を感じ、真剣に取り組むようになった。

そんな経緯ででき上がった『雪のシロクマ』だった。人気が出たからといって安易に大量生産はしたくないと、これまでも職人達は手作りにこだわっていたのだ。

まるで我が子を奪われる母グマのような迫力の晴子に、一は自分の説明の仕方が悪かったと思った。そもそも、説明はまだ半分もしていないが。

晴子の両親は娘が突然、激昂《げきこう》したことに困惑していた。

あんなに早とちりな子だったかしら？

まあ、疲れているのだろう。

三人は怒る気にもならず、説明を仕切り直すことにした。

しかし、そうはいかない人間が一人、部屋にはいた。

「御前園さん、そういう言い方、ないと思います」

部屋の隅でどこかにメールを打っていたせいもあり、晴子は彼女がいることに気がついていなかった。

坂上動物園広報担当の筑紫睦美《つくしむつみ》が、ヒールを鳴らし一歩進み出た。

筑紫は坂上動物園の広報として、カフェ・ぶらんこぶらんかとの交渉の窓口役を担っていた。就職して三年目で巡ってきた大きな仕事に、彼女は張り切っていた。相手がイケメンの御曹子、雨宮一というのもまた、彼女の野心に火をつけていた。

それなのに、いちいち晴子にお伺いを立てないといけないことに、次第に苛立つようになった。彼女の意見よりも、晴子の意見に重きをおかれる。一も晴子に会いに来る。しかし、晴子は十五分だけしか時間を作らない。聞いているのか、いないのか、という態度を取る。

一と筑紫の意見は無下にするくせに、自分の要求だけは押してくる。時に感情的になり、時に泣くこともあった。

そのたびに、御前園は疲れているんだと、飼育員仲間が労るのも筑紫には癪《しゃく》にさわった。何様よ。

雨宮一が彼女に優しいのも、要は彼女がホッキョクグマの〝母親〟だからだ。その意見はホッキョクグマの子どもの要求を代弁していると受け取られているのだ。『虎の威を借る狐』ならぬ、『ホッキョクグマの威を借る御前園』だ。

「雨宮さんが一所懸命考えて提案しようとしていることを、頭っから拒絶するなんて、失礼です」

「……あ」

後輩女子に指摘され、晴子は自分が突っ走ってしまったことに気がついた。

「ごめんなさい」

「私じゃなく、雨宮さんに謝ってもらえます？　言いたくないけど御前園さん、疲れているとか忙しいとか言いますけど、そんなの御前園さんだけじゃないですよ。多賀さんなんて御前園さんの分の作業を受け持ってるし、他の人達にも皺寄せがきてます。みんな大変なんです。雨宮さんだって、北海道にまで行って勉強してきたんですよ。たまには〝巣穴〟から出て、周りを見たらどうですか？　自分だけが大変だと思ったら大間違いです！」

両親の前で年下からズバリ言われた。

晴子はホッキョクグマの双子にばかり心を向けて、周りへの配慮を欠いていた。これがもし、現役時代の奈良やベテランの多賀だったら、そうではなかっただろう。自分は未熟だ。だからこそ、余裕をなくしていたことに気がつき、反省する。

しかし、譲れないものは譲れないのも確かだった。

「そうかもしれない。でも、私はあの子達を守らないと」

「そういう態度が駄目だって、理解してます？」

「してる。これからは態度を改める。けど、あの子達のためにならないことは絶対認められない」

二人のやり取りを、御前園夫婦と一は黙って見ていた。

両親は仕事のことで娘の肩を持つつもりはなかったし、一も園内の人間関係について口を挟む気はなかった。ただ、そういうことは人がいないところでやってほしいと思っていた。それから、ホッキョクグマの双子を心配していた。チラリとしか見ていないが、何かあったように見えたのだ。

筑紫は一の方を見て、思った通りの反応がないので失望した。自分に味方してくれると思ったのだ。が、晴子にも特に加勢しなかったので、それで満足することにした。少なくとも、一は晴子に特別な感情を持っているようには見えない。

「私、管理事務所から呼び出しを受けたので行きます。雨宮さんはどうなさいます？」

「何が？」

「いえ、なんでもありません」

晴子にもだが筑紫にも、彼が特別な感情を持っていないのは明白だった。まだ希望を失っていない筑紫は深追いをやめ、大人しく撤退した。

筑紫が去った後、晴子は一に詫びた。

「申し訳ありませんでした」

彼の口が「何が？」の形になる前に、さらに付け加える。

「自分勝手でした。動物園の、ひいては野生動物の保護にも繋がるプロジェクトなのに、双子達が利用されているみたいで、無闇に反発していたところがあったと思います」

「――いろんな意見をやり取りするのも、仕事のうちなので。私はホッキョクグマには疎いので助かります。もっともそうですね、落ち着いて話を聞いてほしいと思う時も多いので、今後、気をつけてもらえるとありがたいです。で、子グマ達は大丈夫なんですか？」

「はい。今は大人しく寝ています。歯が生えてきて、それが気になっているみたいです」

「歯が！」

一の秀麗な顔が輝いた。

こんな時なのに、晴子は笑いそうになった。

「お好きなんですね」

「何が？」

「子グマ達が」

「ええ、まあ」

照れくさそうに一が答えた。

「雨宮さんは犬を飼っているそうだぞ」

晴子の父親が、空気が変わったのを知って、雑談に持ち込もうとした。

「そうですか。お好きなんですか？　……あの、動物が？」

「……ええ、多分」

はっきりしない言い方だったが、それがよかった。

晴子が結婚しようとしていた男は、見合いの席で堂々と「動物が大好きです！」と宣言していたが、晴子の勤める坂上動物園はもちろん、デートで他の動物園にも水族館にも行くことはなかった。それでも、その頃はまだ、晴子の気を惹《ひ》こうとした発言だったはずなのに――。

娘の顔が暗くなったのに気がつかない父親は、一に晴子がいかに動物好きな子どもだったかを話し始めていた。先ほどの一件で、職場の筑紫には何も言うつもりはなかったが、一に対しては晴子をよく思ってほしかったのだ。

「うちは動物が飼えないので、よく捨て猫や犬を近くの公園に隠していてねぇ。一人で飼い主を探すんですよ。お店のお客さんにも声をかけて。『お宅の晴子ちゃん、また犬の飼い主を探していたよ』って、よく言われました」

「本当に困った子だったわ。ポケットの中にはカナヘビが入ってるし、箪入れの中にはコオロギが入ってるし、いっつも泥だらけで。でも、生き物が大好きな優しい子なんです」

長年連れ添った妻は、夫の意図を察し、加勢した。そんな両親の話は一にと言うよりも、晴子の弱っていた心の部分を直撃した。

二人は幼い晴子のために、一緒になって飼い主を探してくれた。里親が決まれば、遠い場所でも車で連れて行ってくれた。生き物が好きな訳ではない。我が子が大事だったからだ。

それなのに、こんないい歳をして孫の顔を見せるどころか結婚式から逃亡し、ホッキョクグマの世話を口実にまともに会って話しもしていなかった。

「ごめんね、お父さん、お母さん。私、ホッキョクグマの赤ちゃんを育ててみてよく分かった。子育てがこんなに大変だったなんて、それなのに……」

「やめて！　晴子！」

只ならぬ声がした。晴子の母親が怯えたように耳を塞いでいる。

「お、お母さん？」

「私、そういうの苦手なの！　本当のことを言うと、あなたが結婚式を逃げ出した時、これで花嫁の手紙を聞かなくてよくなったってホッとしたの！」

「そ、そんな理由……」

「それより！　謝るのはお母さんの方だわ！　あんな男をあなたにお見合い相手として紹介したんですもの。……ごめんなさいね」

娘に言うつもりはなかったが、相手側に謝罪に行った時、夫婦は屈辱的な扱いを受けた。

『晴子さんみたいな行き遅れのお嬢さんをもらってあげようとしたのに』

『もとからうちの家風に合わないと思っていた』

『正直、あんな娘さんでは、うちの家を任せられるか心配だった』

親として、たとえ結婚式を逃げ出した娘であっても、そこまで言われる筋合いはない。

相手側の態度が酷《ひど》ければ酷いほど、晴子が我慢して嫁ぎ、苦労しないで済んでよかったと思った。

「お母さん……」

母と娘は言葉もなく泣いていた。そんな妻に、夫はハンカチを差し出し、娘の方には、雨宮一がポケットティッシュを渡した。

雨宮の御曹司のポケットティッシュは奇《く》しくもホッキョクグマの写真がパッケージに使われている、ちょっとお高めの柔らかい品だった。晴子はチラッと多賀の机の上に置かれた安物の箱ティッシュに目をやったが、結局一のティッシュを受け取った。寒さからよく鼻をかんでいたので、鼻の周りが荒れていて柔らかい保湿ティッシュは魅力的だった。

「ありがとうございます」

さすがにこれには「何が？」と聞かれまいと思ったのに一の口が開いたので、晴子は呆れた。

「ティッシュが、です！」

「いえ、違うんです……」

渡したティッシュを取り戻すと、その中に入り込んでいた何かを取り出し、顔をしかめた。それは綺麗なミント色をした飴《あめ》だった。

「……うちの社長が好きで、たまに貰うんです。ミントキャンディ。食べますか？　疲れている時は、甘い物がいいそうですよ」

それを見ていた晴子は思った。ラベンダーの香りがするハンカチに、ミントキャンディ。まるで北海道物産展みたいな人だ。そういえば、北海道にまで行ってきたと筑紫は言っていた。

そこまで考えて、ようやく明るさの見えた晴子の顔がまた曇った。

かつて、自分と一緒に北海道についてきてほしい、とプロポーズしてくれた青年がいたことを思い出したのだ。

〝彼〟は同じ大学の同じ学科に通い、坂上動物園内の『ふれあい動物園』でアルバイトも一緒にしていた恋人だった。実家は馬の牧場を経営しており、夏休みに遊びに行ったこともあった。

旅行から帰ってきた娘に、母親は「北海道は食べ物はおいしいし、景色も綺麗だし！　あっちに行ったら、お母さんも呼んでちょうだいね」と意味深長な視線を向けた。すっかり、結婚するものと思っていたのだ。遠くに嫁ぐことになるけれど、両親にとっては、そうして幸せになってほしかったに違いない。

ポケットティッシュと飴を改めて渡そうとしていた一は、晴子の浮かない表情が気になった。

涙を拭いた晴子は、三人を見送ることにした。

「あらお父さん、雪が降ってますよ」

飼育員控室から動物園の門までは距離がある。降り出した雪に、置き傘も出払っていた。すると一が自分の傘を晴子の父に渡した。「すみません」と、なぜか謝りながら。

「いやしかし……」

渋る晴子の父親に一は、自分の鞄から折り畳み傘を取り出した。

「もう一本持っていますので」

晴子はこの会話を以前にもしたな、と首を傾げた。

どうやら雨宮一は準備がよいらしい。そして、使わない傘を親切にも貸してくれる。そう……晴子だけなく誰にでも。大体、傘なんて誰にでも貸す。それなのにあのとき浮かれた気分になった自分はどうかしていた。自分は若くて魅力的な女の子という歳は、過ぎてしまっているのだから……。

両親に会ったことで、晴子の心に余裕が生まれてきた。もう、泣くことはなかった。

多賀や、他の飼育員達に改めてお礼とお詫びもした。多くの人は、ホッキョクグマの順調な成長と同じくらい晴子に笑顔が戻ったことも、喜んでいた。

＊

誕生二ヶ月を過ぎた双子の体重は、十キロ近くとなり、力も強く、牙も立派になっていった。活発になってきたので、病気に加え、怪我をしないように配慮する必要が出てきた。そんな二頭が動きまわるので、奈良家の〝巣穴〟は爪や牙によって傷が目立つようになっていた。

双子は時に、じゃれあい、喧嘩《けんか》に発展した。

それをどの時点で止めるべきか、晴子は迷った。人工哺育で育つ二頭にとって、そうやってホッキョクグマ同士の付き合いを学ぶことは、今後のことも考えれば大事なことだ。あまり早くに〝母親〟が手を出すのもよくないと思いながらも、どちらかが怪我をするのではないかと、気が気ではなくなる。

〝母親〟である晴子に嚙《か》みついたりすることはない可愛い双子だが、猛獣である以上、弾みで何があるか分からない。

「痛っ！」

その日も鳥類館から譲り受けた鷹匠が使う手袋をして遊んでいたが、『ふぅ』が自分のお気に入りのぬいぐるみを取られると思って晴子の足に爪を立て、強く嚙みついてしまった。

叱るとショックを受けてしょんぼりする姿が可愛いが、可哀想《かわいそう》でもあった。いたずらに嚙まないように教えなければならないが、本物の『母親』ならこれくらい嚙まれても平気で、もしかしたら『ふぅ』は甘嚙みのつもりだったかもしれない。どうしても、人間とホッキョクグマの力の差を思い知らされる。

ホッキョクグマの母親が子離れするよりも早く、晴子は双子と離れなくてはいけなくなるだろう。ずっと一緒に、暮らすことはできない。

その日を思うと、晴子は堪《たま》らない気持ちになる。双子の面倒を見てきたが、その存在に学び、助けられたのは自分の方だ。

「ぐるぐる」「ぐるぐる」

双子が晴子のもとにやってきて、腕を吸いながら甘えた声を出す。『ささ鳴き』と呼ばれるクマ特有の甘える鳴き声だ。

「よーし！　遊ぶか！」

「ぎゃあ！」「ぎゃあぎゃあ！」

二頭と別れる日はまだ先だ。それまで、この子達を思いっきり甘えさせるのだ。ちょっとくらい手や足に傷がつくことを恐れてはいけない。

ある日、動物園に出勤し双子達の相手をしていると、多賀が晴子を窓の所まで呼んだ。

「御前園。ちょっと出てくるからな」

「はい。どうしたんですか？」

「この寒いのに小学校が野外学習の予定を入れていたんだが、いきなり雨が降ってきたんだよ。だから屋内のビジターセンターでレクリエーションをすることになって、会場の準備で呼び出された。椅子を出したり、プロジェクターを用意したり。そして、ぜひ、その双子の話をしてくれと言われたんだが……御前園、代わってくれないか？」

人前で話すことが苦手な多賀はぼやく。緊張すると、彼はくだらないおやじギャグを連発する癖があった。

晴子は子グマ達を指した。

「その間、この子達の面倒をお願いできるなら」

今では、ある程度ならば他の飼育員に任せることもできるようになっていた。もっとも、双子には不評のようだが。

「うーん、それは遠慮したいなあ」

〝母親〟を奪われることを察知した双子が「ぐるる」と威嚇し始めたのを見て、多賀は軽く両手を上げた。

多賀が来ると晴子がいなくなることを、双子は学習していた。

「こら！　多賀さんがいてくれたから、あなた達の世話ができたのよ」

「ぎゃあぎゃあ！」「ぎゃあ！」

元気な返事が帰ってきたが分かっているかどうかは不明だ。どことなく勝ち誇った声に聞こえなくもない。

「元気なことはいいことだ。……しっかし、このところ、多いと思わないか？」

「なんですか？」

「雨だよ。雨。どうもこのところ多い気がするんだよな。これも異常気象のせいかな？」

そうだろうか？　と晴子が記憶を辿ると、なぜか廊下の窓越しに双子の様子を伺う男の姿が思い浮かんだ。

このところ双子のために暖房をつけていないので廊下の方の気温が高くなり、そちら側の窓が結露しやすくなっているらしい。彼はよく、綺麗なハンカチでそれを拭き拭き双子を眺めていた。そんなにも結露ができるのは、湿度が高いからだ――彼が来るのは雨の日ばかりだから……。

「多賀さん、これからビジターセンターで講演ですって？」

そのとき飼育員控室から太宰治子がやってきた。

「お、太宰！　代わってくれるのか⁉」

「すみません〜。私もこれから爬虫類館で何か簡単な話をしようかと向かうところです。こういう突然の雨だと、お客さんは屋根のある所に集まりますから」

「そうだよなあ……御前園。なんとか双子を説得してくれないか？」

太宰に断られた多賀は往生際悪く、晴子に手を合わせた。

「御前園は人前で話すのが上手い。客受けもいいし」

「和菓子屋の看板娘ですもの。ホッキョクグマの世話だけでなく、客あしらいも上手いんですよ。でも駄目ですよ、多賀さん。そろそろ、雨宮一が来そうです」

やけに確信に満ちた太宰の言葉に、晴子と多賀が問い質《ただ》す前に、涼しげな声がした。一が、雨合羽を取りに来た飼育員に連れられてやって来たのだ。

「すみません。裏口からどうぞと言われたのですが？」

「あ、雨宮さん！　こんにちは」

晴子は彼に愛想よくしようと決めた。

結局まだ独り身である彼女にとって、魅力的な独身男性である雨宮一は、気になる存在でもあり、気にしたくない存在だった。結婚を決めた相手に邪険にされた彼女は、異性はもう勘弁という気持ちだったのに、それを揺るがされるのは認めたくなかった。おまけに揺らいだところで、どうにもならない相手だということも分かっている。

若くもなく美人でもなく、資産家の令嬢でもない自分が、彼の隣に立てるはずがない。

今こうして、親切にしてもらっているのは、ホッキョクグマの〝母親〟だからだ。

彼女は自分の分を弁《わきま》えていた。彼に対して下心を持っていると思われることも嫌だった。だが、その気持ちが強く出たせいで、当たりがキツくなっていた面があったことを認め、反省していた。普通に付き合えばいいじゃない。

「ほうら、来たでしょ？」

晴子の耳元に太宰が囁いた。

一は飼育員三人が何か話しているのを見て、仕事の邪魔をしないようにガラスの向こうに意識を向けた。

ふわふわの白い毛玉が一つしかない。一頭がもう一頭の上にのしかかっているのだ。下になった子が嫌がって抜け出そうともがき、じゃれ合う。

一の視線は釘づけになった。

「奴が来ると、雨が降るのよ」

爬虫類館担当の太宰には、向かい側で行われているカフェの建築現場がよく見えた。雨が降ってきたな、と外に日をやっていると、雨宮一がいつも傘を差してやってくるのだ。また、爬虫類館に行こうとすると、今日のように傘を差した彼とすれ違うことも多かった。

「ま、そういうことで、私はもう行くわ。多賀さんも行きますよね？」

「お……おう、じゃあ、ごゆっくり」

多賀は観念した。

太宰の指摘に、自分の記憶も足して、晴子は納得した。そういえば初めて会った日も雨だった。彼は常に傘を準備している。

「雨宮さんって雨男なんだ……」

「何か?」

多賀と太宰が挨拶しながらも、足早に出て行く気配で一はふわふわの世界から現実に引き戻された。そこで、晴子の呟きに気づいてしまった。

「いえ……あの……もしかして、雨男なのかな～っと」

「――いつも降ってる訳じゃない」

微妙に返事をはぐらかされた。晴子は怪しいと思い、よせばいいのに念を押してしまった。

「雨男なんですね」

「――悪いですか?」

そう聞かれると困った。動物園にとっては雨は大事《おおごと》だ。

「そういう訳ではないですが……」

晴子は口ごもった。雨男の是非についてではなく、ムキになった一が彼女に近づいてきたからだ。これまでは会う時は誰かしらそばにいたのに、今日は周囲に人がおらず、二人っきりのようだった。

あの〝雨のにおい〟が間近で香る。

思わず廊下に面した子グマ部屋の窓を閉めて、その〝におい〟を締めだそうとした。

その晴子の行動に、一は自分が否定された気がした。

「そんな！　やはり動物園に雨男はご迷惑なんですか⁉」

「ぎゃあ！」「ぎゃあ！」

同意しているのか、それとも抗議しているのか、双子が一に向かって鳴いた。

それに相好を崩した一は、やや自分を取り戻した。

「すみません。確かに私はひどい雨男なのです。生まれてこの方、動物園を経験したことがないのもそのせいです。私が行くと雨が降るので、なんとなく遠慮していたんです。卒業式も入学式も……とにかくイベント事ではほとんど雨が降ります。人に迷惑をかけている自覚はあります」

うわあ、と晴子は思った。想像以上に深刻な雨男っぷりだった。すでに呪いの域に達している。

昔から、〝雨宮家〟はその繁栄と美貌を得るために〝晴れの日〟を捧げたと周囲では囁かれていた。

あの日の車の中で、彼がどんどん不機嫌そうになっていったのは、正確に言えば、晴子が『雨の動物園』に対し「嫌ですよね」という態度を取ったので、やはり雨男は動物園に来るべきではないのだと落ち込んでいたからだった。

そりゃあ、雨の中の作業はやはり難いし、遠足や野外学習に来た子ども達はお目当ての動物の代わりに、多賀のくだらないおやじギャグを聞く羽目にはなるが……。

一は晴子と双子を見て、何事かを決意したようだ。

「……しかし、遠足や行楽でもなく、総会やオープニングセレモニーでもない通常の仕事の時に、雨が降ることはあまりないはずなのですが……ですが、私のせいで降ってしまうのならば、これからは対策してくることを約束しましょう」

対策？　そんなものがあるなら、遊園地も動物園も運動会も入学式も卒業式も晴れていたのではないか？　晴子はいそいそと去っていく一の背中に、問いかけたくなった。

しばらくして冷静になると、ずいぶん失礼なことをしたと青ざめた。

自分が雨に濡れるのが嫌なのではなく、自分のせいで雨が降り、楽しみにしていた他の人達をガッカリさせたくないという優しい人なのに。

彼が帰った後、雨は見事に上がった。

＊

その後、しばらく雨は降らなかった。雨男は忙しいらしく、動物園に顔を出さなかったのだ。

生まれてもうすぐ三ヶ月になろうとする頃、外に出るようになった双子達は散歩をするようになっていた。

とはいえ、まだ覚束《おぼつか》ない足取りの二頭は、よく保育園の小さな園児達を乗せている『お散歩カー』よろしく、台車に固定した奈良特製の木箱の中に入って、まずは散歩場所のホッキョクグマ舎の裏手の柵の中まで運ばれる。

そこは獣舎の壁によって来園者からは見えず、大型獣を運ぶトラックが二台は置ける広さもあり、柵があるので双子がどこかに行ってしまう心配が少なかった。また、アルルとデルタがそれぞれの放飼場に出ている間、双子を獣舎の寝室に入れてみて、慣れてもらうことも徐々に始めていた。いずれ自分達の寝室になる部屋で、幼い子グマ達は皿から餌を食べることを覚えた。

問題は坂を上がらないといけないことで、晴子は二頭の重さに「保育士さん達はすごいなあ」と感心しながら台車を押す。坂がある所では使わないのかもしれない。しかし、坂上動物園のホッキョクグマ舎に行くには、どうしても坂がある。来園者が使う道はなだらかだったが曲がりくねっていて時間がかかり、飼育員控室のある建物から裏手に伸びる関係者用通路の方は、距離は短いが傾斜は急だった。

緩やかで長い坂と、短くて急な坂、どちらが楽なのかしら？

うんうんと台車を押す〝母親〟の顔を、木箱に開けられた側面の窓から、二組のつぶらな瞳が争うように入れ替わり覗く。

「ぎゃあぎゃあ」「ぎゃあ！」

応援してくれているのか、早く外に出してと訴えているのか……。

「うん。頑張るからね！　よいしょっと！」

二月にしてはやや暑い日だったので、厚着の晴子は汗だくになりながら散歩場所に到着した。

二頭も木箱から出たものの、あまり動かず日陰で涼むことにしたらしい。

「こんにちは。ここにいると多賀さんに聞きました」

遠くから雨宮一が声をかけてきた。その後ろで柵の扉を閉じた多賀が、双子に目を細めながら横切り、自らの作業をしに獣舎に向かった。双子と一が迷い込んでこないように、その扉も閉める。

「こんにちは」

立ち上がって晴子は挨拶を返した。

この間のことを謝ろうと思って、違和感を抱いた。整いすぎていて冷たい印象を受けがちな一の顔が、嬉しそうに輝いていた。双子達の散歩に立ち会えて興奮しているようだ。

笑顔の後ろには眩《まぶ》しいほどに広がる青空――！

「ああ！　晴れてる！」

晴子は初めて青空の下で一と対面した。

「言ったでしょう？　いつも降る訳ではないんですよ」

どこか自慢気に言われた。

「あの、先日は雨男云々言ってしまってすみません。坂上動物園は雨男だからって閉め出したりしませんので」

「……いえ、雨が降るのは本当なので……同級生にも嫌がられていたと思います。遠足も屋内施設ばかりでしたし」

雨宮の御曹司に面と向かって文句を言う同級生はいなかっただろうが、同学年になった時点で、彼らは晴天の下での行事を諦めただろう。

「でも今日は晴れていますね」

「ええ、対策をしたので」

驚異の雨男がどんな〝対策〟をしたのか、晴子は気になったが、一は教えてくれなかった。

そんなことよりも、彼はこの機会を利用して、やりたいことがあったからだ。

「写真、撮ってもいいですか？　遠くから狙いますから」

鞄から、立派な望遠レンズとデジタル一眼レフカメラが出てきた。レンズだけで、晴子の一ヶ月分の給料よりも高そうだ。

「……えーっと、いいですよ」

グラビアアイドルを前にした男子高校生のような雨宮家の御曹司に苦笑しつつ、晴子は承諾した。

彼は本当に遠くから双子を狙った。そして、まるでここが北極で野生のホッキョクグマを狙っているかのような真剣さだった。

しかし、双子は日陰でもぞもぞとしているだけだった。

「もうちょっとサービスしてあげたら？　あなた達が食べる鶏肉を差し入れてくれてる人なのよ」

一は離乳食が始まった頃から、自分の家の犬が食べているという鶏を細かく挽《ひ》いたものを届けてくれるようになった。ミルクに少量混ぜて出すと、双子はまだ慣れない皿からの食事に悪戦苦闘しながら、口と言わず顔中ベタベタにしてそれを食べた。高級な果物や野菜も差し入れられ、アルルやデルタも喜んで食べた。特にブドウは大人気だった。

多賀が「俺よりもずっといいものを食べている」とぼやく。

こんなにいいものを常時食べさせていたら、他の動物園に行った時に、食べ物を選り好みしてしまう。

そう心配した晴子が、その旨を伝えたことがあった。すると、「どこに行っても、同じ品質のものを届けさせますよ」と答えたのだ。それから「本当によそにやるのですか？」と聞いてきた。

晴子だって、双子達とずっと一緒にいたかったが、そうはいかないだろう。アルルとデルタの交尾が成功すれば、ホッキョクグマの頭数が増える可能性がある。デルタにさらにもう一頭、お嫁さんが来る話も出ていた。アルルとデルタと血縁関係のある双子達を坂上動物園に置いていても、繁殖させるには新たに別な血統のホッキョクグマを連れてこないといけない。そしてそれは現状では難しい。

人間の都合もあるが、ホッキョクグマは、いつかは独り立ちする日が来るのだ。

晴子は双子達の子どもも見たかった。そうすれば、いつか双子の子どもや孫達がこの動物園に帰ってくるかもしれない――。

双子達がようやく立ち上がった。

「どうした？　サービスする気になった？」

口ではそう言っても、無理強いはしない。

双子の自由にさせていたら、ようやく『ひぃ』の方が歩き始めた。そうなると『ふぅ』も後をついていく。仲のよい二頭も、やがて別々の動物園に引き取られるだろう。

それを考えると晴子の日は潤んできた。

「ぎゃあ？」

『ふぅ』が寄ってきた。晴子が気落ちすると、いつもそうやって慰めにきてくれる。

「うん？　大丈夫、心配しないで！」

微笑むとホッキョクグマの子グマは安心したように遊び始め、『ひぃ』が晴子も一緒に遊ぼうとズボンの裾を噛んで引っ張る。ここなら強く噛んでも大丈夫だと知ったのだ。ただし痛くはないが、ズボンは裂ける。

「分かった。遊ぶから、まずは離して〜。歩けないでしょう？」

足元でじゃれつかれ、バランスを崩して尻餅をついた晴子の上に、ここぞとばかりに子グマ達が登り、顔を舐める。

「ちょっ！　重ーい！　こら、くすぐったいでしょう！」

二頭と一人は、青空の下で心ゆくまで遊んだ。もう一人は、心ゆくまで、写真を撮った。晴子が気がついた時、一は暑くなったのか外套も背広の上着も脱いでシャツとベスト姿になっていた。

白地に青のストライプのシャツ、身体に合ったベストの縦縞は、彼の細身の姿をさらに引き締めて見せた。

脱いでも完璧、か。

と、晴子はこっそり頬を赤らめた。

*

数日後、平日の昼間に、その〝完璧〟な兄の姿を見た秋原姫は驚いた。

愛犬のヤマを従えて、邸内でもっとも心地よい場所に陣取っている。彼が外に出かけない日は、雨は降らないのだ。

「お兄様？　お仕事は？」

「今日は休みだ。このところ休みなしで働いていたから、代休を取ったんだ」

「……先ほど、お出かけのご用意をしていらしたような気がしましたが？」

「――動物園に行く予定だったのだが、今日はお休みらしくてね」

「……動物園がですか？」

兄が〝仕事〟で通う坂上動物園は開園日のはずだ。それに工事の視察なら、休園日でも構わないはずだ。むしろ休園日だからこそ、できることがある。

もしかして……と姫は思う。それとは別に休みを取って動物園に行こうとしたが、〝誰か〟が休みと聞き、行く理由がなくなった……。

妹はそんな兄に、好奇心が湧いてくると同時に焦った。

「お兄様、お出かけのご予定は？」

「いやに気にするね。私がこの家にいたら不都合か？」

家にいないと怒ってみたり、出かけないのかと聞いてみたり、妹の情緒がまた新生児を相手にしていた頃のように不安定になったのかと一は訝《いぶか》しく思った。

けれども、それは妹なりの配慮だった。

「いえ……真白ちゃんが遊びに来るので」

それはかつて、雨宮一が恋した少女だった。

「そうか……気になるなら、席を外そう」

雨宮邸は広い。少し場所を移せば、来客の気配など感じられなくなる。たとえ一歳児一人に〇歳児二人がいようとも、だ。

「私は構いませんが……」

兄を追い出すのは心苦しかった。久々の休みなのだ。自分が小野寺邸に行こうかしら？

そうこうしているうちに、小野寺真白がやって来た。

「こんにちは」

雨宮兄妹の葛藤を知ってか知らずか、小野寺真白は朗らかに挨拶をした。

「ちわー」

母親の真似をして息子の小野寺真冬も挨拶をした。一が贈ったホッキョクグマのぬいぐるみを抱きかかえ、歩けるようになったことを誇るように、母親の手を離れ、「ふんふん」と歩いてきた。

双子みたいだ。

それを見た一の何かに火がついたのを妹は察した。

見た目がクマ系と言われているカフェ・ぶらんこぶらんかの社長・小野寺冬馬の息子は、母親に似ず一歳にして、父親そっくりのクマ系だった。そんなクマ系の小さな子がモコモコの服を着て、同じ大きさのホッキョクグマのぬいぐるみを連れているのだ。

一は場を外す気がなくなった。


小野寺母子が来て、割をくったのは雨宮家の愛犬、ヤマだった。

「きゅうん！」

好奇心の固まりの一歳児は、ぬいぐるみを放り出し、さらに大きくふわふわしたヤマに抱きついた。その時に、尻尾を踏まれた。毛も引っ張られた。

「乱暴にしちゃ駄目よ。ワンワンが痛い痛いするでしょ」

母親が窘《たしな》めたが、息子は夢中で犬に絡んだ。

ヤマはよく耐えた。いつもは頼りになるはずのご主人様は、自分の愛犬の受難をよそに、小野寺真冬にちょっかいをかけていた。

「可愛いなあ」

ホッキョクグマの代替品にされているとも思わず、母親の真白は喜んだ。自分ではとても可愛い息子だと自負しているのに、周りの反応は「立派なお子さんですね」とか「大きくて健康そうな子ですね」としか言われなかったからだ。

姫は敢《あ》えて何も言わなかった。兄はかつて恋した少女には見向きもせずに、その恋敵との間にできた息子に夢中だった。

「ほら、高い高い！」

「きゃあきゃあ！」

さすがにヤマが辟易《へきえき》しているのを察し、一は真冬を抱き上げた。双子を抱き上げたらこんな感じだろうか？　と思いながら。

手がかかるようになった一歳児の面倒を快く見てくれることに真白は感謝して、抱いていた次男の幸馬《ゆきま》を親友の娘、小町の隣に寝かせた。

姫が真白を手招く。

「お兄様？　お兄様が撮ったホッキョクグマの写真見てもいいですか？　とっても可愛いのよ！　真白ちゃんにも見せてあげたいの！」

そう言えば兄は断らないと妹は読み、それは当たった。

「え？　ああいいよ。撮ったままで、編集も何もしていないから。双子は素晴らしく可愛いよ！」

さらに高く真冬を持ち上げながら、一は言った。

子どもは高ければ高いほど喜んだ。まわすともっと喜んで、奇声を上げた。

彼はホッキョクグマの写真を大量に撮っていた。それらを、まだ途中までしか見返していなかった。自分がどんな写真を撮っていたのか、彼はその全貌を把握していなかったのだ。

もし、それを知っていたら、妹とその親友に、易々《やすやす》とカメラを預けなかっただろう。

最初の写真は極めて穏便だった。

子グマが二頭寄り添って日光浴をしている。といっても日陰である。露出を調整しているような写真が続いた。それでも真白は歓声を上げた。彼女はクマ系が大好きなのだ。

子グマが立ち上がり、歩いたりこけたりする動きがある写真になると、姫も夢中になった。

写真の中に登場人物が増えた。飼育員と思われる女性の姿だ。

〝母親〟と子グマがじゃれ合う姿を撮るのに、それはよい構図だった。子グマだけよりもずっといい。

女性は化粧もせず、長い髪の毛を一本に縛り、黒縁の眼鏡を掛け、ダウンを着込んでいた。お世辞にもお洒落ではなかったが、子グマに向ける笑顔がとても素敵で綺麗な人だと、二人は思った。

姫はその女性が、以前見た写真の中の人と同一人物だと分かった。その頃よりも、さらに柔和な表情になって、魅力が増している。

何枚も、何十枚も、二頭と一人の写真が続く。次第にピントがホッキョクグマから外れてきたことに二人の母親は気がついた。

写真をおくる手が速まる。最後の三枚は完全に晴子にピントが合っていた。それも、もはや子グマの姿は入っていなかった。

笑っている晴子の横顔があり、次の写真はカメラに気づいたように目線がこちらを向いていた。最後の写真は「何しているの？」といったような怪訝な表情で終わっていた。

姫と真白は顔を見合わせた。

彼女の上に降る雨は…

双子の一般客へのお披露目は生まれてから百日目と決まった。

その一週間前に、近くの坂上保育園の子達に見てもらい、写生して名付けを行うことになった。

園児達は散歩コースとして、この動物園の敷地を利用していて、よくアルルとデルタにも会いに来ていたので、晴子とも顔なじみの子が多い。いろんな動物の話を、イラストを交えて楽しくしてくれる彼女は、彼らに人気が高かった。

その日、晴子の顔を久しぶりに見た子ども達の中から歓声が上がったほどだった。

「どこ行っていたの？」

「タンポポ組の先生みたいにお嫁さんになってやめちゃったのかと思った！」

「ばーか。晴子は嫁になんかいかねーよ！」

情け容赦のない子ども達の発言に、晴子は苦笑した。そういえば、自分はお嫁さんになるはずだったのだと、久しぶりに思い出す。

「はいはい、みなさーん。双子のホッキョクグマの登場ですよ。上手にお絵かきして、名前を考えてあげてね」

広報の筑紫が手を鳴らして、子ども達の注意を双子が来る檻に向けた。

この写生会を行うにあたり、園長と筑紫は檻越しではなく、もっと近くで子ども達と触れ合えるようにしたいと言って晴子達を悩ませた。双子は動くぬいぐるみのような愛らしさだったが、爪も牙も鋭い猛獣なのだ。子ども達に怪我でもさせたら、これまでの苦労が水の泡になる。

他の飼育員達も反対した結果の檻である。それも子ども達が手を入れても、双子が手を出しても届かないように、二重のガードになっていた。

そんなに遠くて、格子ばかりあっては絵を描くのに不都合だと筑紫は不満だったが、「じゃあ、何かあったらあなたが責任を取れるの？」という晴子の問いかけに、自分の意見を通すのを止めた。

別に子どもにホッキョクグマがよく見えようが、見えまいが、自分に何の得がある？と考えたら、馬鹿馬鹿しくなったのだ。

実際、子ども達はホッキョクグマの双子に歓声を上げたものの、真面目に絵を描こうとする子は少なかった。

大勢の人の前に出された双子は、子ども達の声に怯えて、生まれた時のように二頭寄り添って固まってしまった。

檻なんかいらなかったじゃないの。

筑紫は晴子を意地悪く見た。

晴子はそれどころではなかった。〝母親〟を見つめ、呼ぶ双子に心を揺さぶられていた。

今すぐ二頭を連れて〝巣穴〟に帰りたい。

けれども、それではいけない。お披露目の日にはもっとたくさんの人間と、取材のカメラが入るのだ。そして、その後、二頭はずっと人前に出ることになる。弱気な心を鬼にして、双子に近づかないまま見守る。

「どんな名前になるのでしょうね」

一がやってきた。今日もカメラを持っている。

「さあ？　いい名前が付くといいですね」

「御前園さんでしたら、どんな名前にしますか？」

一の質問に晴子は眉を寄せた。名前まで付けたら、ますます離れがたくなってしまう。

「――雨宮さんはどんな名前にします？」

答えたくなかったので、質問で返した。

「――ラブリーとキュート？」

「…………」

晴子は笑い出さないように必死で堪《こら》えた。

双子は目視と先日の遺伝子検査で両方ともメスだということが確定していた。女の子なのだからラブリーとキュートもあり得る名前だ。笑ってはいけない。

けれども、氷の彫刻のような雨宮の御曹司が真面目な顔で、そんな単語を口にするのがおかしくて仕方なかったのだ。

「そ、それ、名前と言うより、雨宮さんの感想じゃないですか」

「では、御前園さんはどのような名前を？」

ややムッとした一に聞かれてしまっては、晴子は答えない訳にはいかなかった。

どうして自分は彼に失礼な物言いをしてしまうのだろう？

そう思いながら『ソラ』と『ウミ』と、胸に秘めていた双子の名前を教えた。

「いい名前ですね」

一は笑わなかった。

「そうですか？　単純すぎません？」

「いいえ、青っぽくていいと思います」

「はあ？」

最初、「アホっぽくていい」に聞こえ、意味が分からなかった。それから「青っぽくていい」の聞き間違いと気づく。

それでも晴子にはやっぱり、意味が分からなかった。


ホッキョクグマの写生会は一時間で終わった。

これは当初から予定されていたことで、ほとんど絵を描いていない園児達は、開店前のカフェ・ぶらんこぶらんか坂上動物園店に移動して続きをすることになった。

晴子の母親は工事中のその店を見て、『外国のサーカス』みたいだと評したが、実はその通りで、コンセプトはアメリカの田舎町にやってきた移動式遊園地兼サーカスである。

今は園内の『ふれあい動物園』となっている場所には、かつて遊園地があり、老朽化で取り除かれた遊具の一部が倉庫に残っていた。

それを見たデザイナーが、ノスタルジー溢れるデザインのそれらを再利用することを思いついたのだそうだ。店内には綺麗に汚れを落とし、色を塗り直された木馬が吊され、馬車やティーカップは客席に改造された。天井にはガーランドが飾られ、縦縞と水玉のポップなインテリアはピエロの服のようだった。外にはお金を入れればぎこちなく動くレトロなパンダの乗り物まであった。

園児達はここでも興奮して、本来の目的を忘れた。

子ども達が多少、やんちゃをしてもカフェ内に危険な場所がないことを知って、出店責任者の一は安堵した。今回は、双子だけではなく、カフェの試運転でもあったのだ。

彼の名誉のために付け加えておくが、雨宮一は徒《いたずら》に園内をブラブラしてホッキョクグマに萌えていた訳ではない。新しく出店する店舗のコンセプトを決めデザイナーや建築家と話し合い、飼育員達の意見も聞きながら工事が始まれば遅滞なく、設計図通りに施工されているか確認するために動物園に〝足繁く〟通っていたのだ。

そんな中、園児の数人が真剣にホッキョクグマの絵を描いているのに気がついた。先ほど特に晴子と仲よくしていた子達だった。

晴子お姉ちゃんのためにカフェの誘惑に耐え、双子の名前を一所懸命考えているのだ。

様子を見ていると、一番小さい男の子が泣きそうな顔をしている。

「どうしたの？」

一の顔は、〇歳児から一〇〇歳オーバーまであらゆる女子を魅了する。近くに座っていた女の子は、突然現れた〝王子様〟にクレヨンを動かすのをやめ凝視した。

絵本からそのまま出てきたみたいにキラキラしている！

三歳くらいの男の子は一の問いに、いよいよ泣きそうになりながら答えた。

「晴子お姉ちゃんのクマさんの名前が分からないの」

紙にはぐるぐるの線で描かれた灰色の固まりが二つあった。

あとは名前を書き入れるだけだ。しかし、その名が思いつかないのだ。字を書けるかどうかも怪しそうだ。

「晴子お姉ちゃん……ぐすんぐすん」

ついに泣き出した男の子の耳に、一は囁いた。

「お兄さん、御前園……晴子お姉ちゃんのクマさんの名前、知っているよ」

王子様と言うよりも悪い魔女のような提案を、男の子は喜んで受け入れた。

後日、晴子は飾られた園児の絵の中に、全く相応しくない整った字で書かれたホッキョクグマの名前を見つけた。

『ソラ』と『ウミ』。

その字は彼の顔のように美しく、冷たく整っている中に、優しさが溢れていると晴子は思った。

やがて迎えたお披露目には、多くの報道陣が集まり双子を取り囲んだ。二頭は晴子にしがみついた。

初披露の夜はぐったりとしていたが、双子は徐々に、動物園に慣れ、放飼場に出ている時間も長くなっていった。

坂上動物園のホッキョクグマ舎には二つの放飼場しかないため、大放飼場の方をアルルとデルタが交代で使い、小放飼場の方は双子が専有することになり、『子グマコーナー』として来園者に案内した。

双子は日中は子グマコーナーで遊び、夕方、晴子に連れられて奈良の家の〝巣穴〟に帰る。二頭はかなり大きくなったが、まだまだ甘えん坊で〝巣穴〟では〝母親〟の側にぴったりと寄り添ってミルクをねだった。

しかし、双子の自立と、晴子の身の安全を考慮すると、〝巣穴〟には帰さず本格的に動物園で生活させることを考えなくてはいけなかった。

自分は、この二頭と離れて暮らすことができるのか。

それでも、双子を手放す日は彼女が決めることだった。

昼間、獣舎内の寝室で過ごすことにも慣れさせた。あとは、彼女の気持ち次第となりつつあった。

「晴子お姉ちゃん！」

坂上保育園の園児達も毎日、双子に会いに来ていた。

「こんにちは。今日も遊びに来てくれてありがとう」

「子グマさん達、元気？」

「元気よ！」

二頭は子グマコーナーで、ボールのおもちゃから、中に仕込んだおやつを取り出そうと奮闘していた。

「晴子は元気か？」

一人の男の子が、彼女の顔を覗き込んだ。

「元気よ」

しゃがんで目線を合わせて笑った。

「そうか！　これやる！」

保育園で折ったというホッキョクグマの折り紙を渡されたので、晴子はお礼を言うと、男の子は照れたように駆けていった。

立ち上がってその姿を見送ると、向こうから一がやってくる姿が見えた。

周りの女の子達がざわつく。

「こんにちは」

「こんにちは、雨宮さん。いい天気ですね」

「ありがとうございます」

そういえばあれ以来、彼が雨を運んでくることはない気がする。

「よろしければどうぞ」

青い縦縞の紙コップに入ったカフェのコーヒーを手渡された。

動物園内のカフェは、ホッキョクグマの子グマ人気と相まって大好評だった。

あまり動物園に足を運ばない若者層もカフェ目当てで来るようになり、そこでの動物に関する講演もいつしか満席になり、不承不承、引っ張り出された多賀は、おやじギャグを連発したがそれが妙に受けた。

「どうかしましたか？　双子に何かありましたか？」

晴子が双子を見下ろしながら、思い詰めた表情をしているのが気になったのだ。

けれども彼女は一に、そのことを言えなかった。これは晴子が決めることだからだ。

その代わり、軽い苦情を述べた。

「噂で聞いたんですが、双子の名前に関して不正をしているそうじゃないですか」

「不正？　私はそんなことをしていませんよ」

しかし、『ソラ』と『ウミ』は現在、『ましろ』と『まゆき』に次いで二位の位置にいた。

それも、最初は下の方にいたのに、突然、追い上げてきたのだ。

「ただ、皆さんなぜか私に意見を求めてくるので、答えただけです」

カフェの人気には、雨宮一も影響していた。出店責任者の彼は、自分の店が思ったように運営されているか、確認も兼ねて店頭に立つようになっていた。

まず美形である。加えて、とんでもない大金持ちの御曹司だと知られ始めた。女性客達はこぞって話すきっかけを探っていたが、そんな彼の方から声をかけて聞く話題があった。

「もうホッキョクグマの名前投票は済みましたか？」

そうなれば、女性達は当然、御曹司に気に入られたい。

「雨宮様でしたら、どれになさいますか？」

一の思惑に引っかかった女性達は、つぎつぎと、彼の望む名前に投票することになった。

「なんで『ソラ』と『ウミ』なんですか？」

自分に名前を付けさせてくれようとしているのか？　期待してはいけないと、自分を制しながらも、彼女は期待してしまった。そして裏切られた。

『ましろ』と『まゆき』はあまり好ましいと思えません」

それは実にホッキョクグマらしく「白っぽく」、人気投票暫定一位の名前だった。

「なぜ？　いい名前だと思います」

「はい。ですが、『ソラ』と『ウミ』もいい名前ですよ」

――青っぽくて。

なぜそんなにも『青』っぽい名前がよくて、『白』っぽい名前を嫌がるのだろうか？と、晴子は疑問と一緒に、冷めたコーヒーを飲み込んだ。コーヒーは苦かった。

＊

しかし、もっと苦く辛い日は、突然、やってくる。

誕生百十日目にして、晴子が決断したのだ。双子を動物園に置いていこう——と。

こんなことを、予定を決めて決行するなんて、とてもできない。

野生ならば二年は母グマの側にいられる子グマと、わずか百日と少しで別れるのは辛かったが、双子はもう、動物園でやっていけるまでに成長した。

帰り際、晴子は獣舎の寝室に双子の餌を置いた。

二頭は夢中で餌をがつがつ食べる。

これがあのか弱い赤ちゃんとは思えなかった。不意に、これまでのことを思い出して、目頭が熱くなった。双子に異常を気づかれる前に、晴子は逃げた。

結婚式から逃げた時よりずっと、後ろ髪を引かれる思いだった。

今日も晴子と双子を迎えに来てくれた奈良に告げる。「あの子達は置いていきます」と。

「そうか。よく決心したね」

奈良は元飼育員として、彼女の気持ちを痛いほど知りつつ、決断を後押しした。

その日、二人だけで帰ってきた姿を見て奈良の妻はついにこの日が来たのだと、泣いてしまった。双子のいる生活に、すっかり慣れていたのだ。けれども、晴子の方がずっと堪えているだろうと案じた。

結婚式から逃げて、やっと落ち着いた晴子の精神がまた、落ち込むことを心配した。

夕飯も食べられない有様の晴子は、部屋に戻った。双子によってボロボロにされた〝巣穴〟。ここで、一人と二頭が、共に寄り添い成長した。

もう二度と、この〝巣穴〟に双子は戻ってこない。子供の自立を〝母親〟である晴子は誇らなければならないはずなのに——。

視線を巡らすと、朝に『ふぅ』が遊んだままのぬいぐるみが転がっていた。

ああ、これはあの子のお気に入りだったのに。いつも一緒に寝ていたのに。これがなくっちゃ、あの子は寂しがるだろう。今すぐ、届けてあげないと。

ぬいぐるみを手にした晴子は扉に向かい、そこで崩れ落ちて泣いた。ここで双子達に会いに行ったら、何もかも台無しだ。晴子は自分の弱さに泣いた。

双子の自立のために動物園に置いていくと決断したのに、自分が寂しいからという理由で、それを覆すなんて自分勝手だ。ホッキョクグマの〝母親〟はもっと強くあるべきだ。

けれども気になって仕方がない彼女は、もう一度上着を着ると玄関まで来た。

「送っていくよ」

察した奈良が車のキーを持って、台所から出てきた。

「奈良さん」

「若い女の子が、夜遅くに一人で出歩くものじゃないよ」

「私もう、若くないですよ」

泣き笑いする娘に、奈良は真剣に言った。

「晴子ちゃん。晴子ちゃんは私らから見たら、十分、若いよ。未来も希望もたんとある。そんなふうに言うものじゃない」

「すみません……ありがとうございます」

やがて着いた動物園は闇の中に沈んでいた。

双子に気づかれないようにホッキョクグマ舎の近くに行き、車内で一夜を明かした。

奈良もまた、彼女を見守った。

*

次の日、筑紫は広報の仕事と称してカフェに顔を出し、一とお茶をした。

「それで御前園さん、一晩中動物園にいたみたいで奈良さんもいい迷惑ですよね。双子もずっと鳴いていたようですし、今日の一般公開に影響が出ないといいんですけど」

カフェラテのクリームが口に付いていないか気にしながら、筑紫は一に愚痴った。

「そう……」

晴子が何かするたびに、周りが同情したり応援するのが納得できなかった。

一は表立って晴子に味方をしたことはなかったので、筑紫は安心していたのだ。

彼はホッキョクグマについて特にコメントをせず、夏に行う動物園の夜間開園、ナイトイベントについての話題にシフトした。

雨宮一の双子への傾倒っぷりからすれば、それは不自然な反応だった。動物園に置き去りにされた双子に対し、なんの感想もない訳がない。

彼は筑紫が去った後、素早く動いた。

＊

その日の夕方、奈良は一人で家に帰ってきた。

晴子は今日も園に残ると言い、それに奈良を付き合わせることを拒んだのだ。言う通りにして一人、家に帰ってきた夫に妻は怒った。そんな妻に夫は耳打ちをする。

「まあ！　それは本当なの？」

「本当だよ」

「そう、ならよく帰ってきましたわね。お帰りなさい」

「ただいま」

老夫婦にはにっこりと微笑みあった。

＊

春と言えども寒さの厳しい夜に、晴子は一人、ホッキョクグマ舎が見えるベンチに座っていた。

「暖かくなってきたとはいえ、夜は冷えますよ」

同じくらい冷え冷えとした声がした。一の声だった。

「いいんです。ここにいたいの」

寒さに震える青白い顔と、頑《かたく》なな声だった。

「少しだけ、移動しませんか?」

「どこに?」

「カフェへ。夏のナイトイベントのシミュレーション中なんです」

「どうぞ」と、一はやや強引に晴子の手を取って立ち上がらせた。心配と寂しさでいっぱいの〝母親〟はされるがままに手を引かれた。

カフェは照明が入り、幻想的な雰囲気になっていた。

「火を使うと危ないので、LED電球でありつつ、炎のように見えるロウソク風の照明を使うことにしました。ここに、座ってください」

外の座席に案内される。ストライプのテーブルクロスに、水玉のマットが敷かれている。派手というか、目がチカチカする不思議な組み合わせだな、と思っているうちに、シェフが料理を運んできた。

カフェにシェフ?

一流ホテルのシェフのような高い高いコック帽を被っていた。

「夏のナイトイベントに合わせた、カフェの営業のシミュレーションですよね？」

晴子は確認した。

「そうですよ。夜食も提供できないか、と試みているところです」

誰も実現させるとは言っていない。あくまでできるかどうか、試しているだけ。

何しろ一が坂上動物園の夏の夜間開園を知ったのは、今朝、筑紫が持ってきた計画書を見たからだった。

「春野菜のポトフです。温まりますよ」

シェフが自らの料理を勧めた。敢えて小さめに切られた野菜に、澄んだスープ。湯気が晴子の眼鏡を曇らせる。それを外して、彼女はそっと涙を拭った。

「冷めないうちに食べてください」

自分もスプーンを持った一が言う。

スープは優しく甘い味がした。温かさが身に染み、胃が動く感じがした。呼び水となって晴子のお腹が鳴る。

一もシェフも表情を崩さず、彼女がスプーンを運ぶのを見た。

そのあと出てきた自家製のパンと温野菜のサラダも晴子はおいしくいただいた。シンプルだったが、惜しみなく手間がかけられ、それでいて、決して押しつけがましくない味だった。

「とてもおいしいです。ありがとうございます」

晴子が礼を述べると、シェフは嬉しそうに一礼して、店内に入って行った。

「うちのシェフの料理はどれもおいしいですよ。今日は軽めですが、普段はもっと凝ったものを作ります」

実はシェフは雨宮家から呼び出した専属の人間だったのだ。

「すみません。なんだか気を遣わせてしまったようで」

「気にしないでください。双子をここまで育てきった御前園さんに敬意を表しているだけですから」

決して好意ではない、と一は暗に念を押した。それが晴子にか、それとも自分に対してか、どちらかは分からなかったが。


双子を動物園に帰した晴子は、奈良家に滞在する理由がなくなった。奈良の妻などは「そんなことはない、いっそうちの娘になればいいのに！」とまで言ってくれた。

晴子はそれに感謝しつつも「しばらく実家に帰ります。親に心配をかけたし、それに迷惑も」と言うと、彼女はそれもそうだと納得した。

あの破綻した結婚式から四ヶ月。晴子はホッキョクグマの〝母親〟として奮闘し、自分は本当の母親に甘える暇もなかったのだ。

「こんなによくしていただいて感謝しています」

言葉では表しきれない感謝の気持ちを伝え、丁寧に部屋を掃除した。床も壁もボロボロで、晴子はどうお詫びしていいのか分からなかった。

奈良夫婦はホッキョクグマの赤ん坊を預かると決めた時から、こうなることは覚悟していたので、別段どうとも思わなかった。どうせ使っていない部屋だ。ボランティアの合間に、思い出に耽《ふけ》りながらゆっくり直せばいい。

そう思っていた奈良夫婦のもとに、その夜、晴子が去ってすぐ、雨宮一が訪ねてきた。

「双子が育った部屋を見たいのです」

すっかりホッキョクグマに魅了されたような雨宮の御曹司の願いを、夫婦は快く叶《かな》えた。

驚いたことに一は晴子に付き合って二日、動物園で夜明かししていたという。

一日目の夜は、自分が撮った双子の写真を見せようとして泣かれ、ならば二日目は生き物好きの晴子に合わせて趣味の乗馬の話をしたら、やっぱり泣かれたので、二日間ともただ黙ってそばにいることにしたらしい。

果たして彼を魅了したのはホッキョクグマか、その〝母親〟の方か――自慢のカメラで無人の部屋を撮っていた若い男性が帰った後、二人は話し合った。

後日、雨宮建設のリフォーム部門の人間が訪ねてきて、部屋を元通り以上の状態に直し始めた。新手の詐欺かと驚き怪しむ夫婦に、その夜、一が「お気になさらず」と直接、挨拶にきた。

正直、奈良夫婦にとって、一の行為は〝気に障る〟ことだった。

彼らは善意で晴子を、ホッキョクグマを預かったのであり、見返りなど望んでいなかった。部屋を直す蓄えもあった。こんなことをしてもらう理由はなかったし、業者が突然やってきて、工事をし始めるのにも困惑した。

夫婦はまたもや話し合った。生まれも育ちも別次元の環境の雨宮一のすることだ。他人への配慮が欠けていても仕方がない。善意からの行動ということも十分、理解できる。

さらに言えば、それが晴子への好意が暴走した結果であれば、なお、許さざるを得ない。

彼らは晴子自身よりも彼女を高く評価していたので、彼女が持てない希望を、一に対して持っていた。

それを知ったら一は不快に思うかもしれないが、ならば、おあいこである。

*

奈良家の〝巣穴〟が空になり、御曹司がリフォームを勝手にし始めた頃、実家に帰って晴子はとりあえず眠っていた。

信じられないくらい眠り、リビングへ降りると義妹の霞《かすみ》が夕飯を用意してくれていた。

「ごめんなさいね……」

「よく休めたみたいでよかったです」

御前園家のできた嫁は、なんと晴子が不在の間、アパートの部屋に定期的に通い、風を入れ、郵便物を回収していた。

アパートは式を終えて入籍を済ませ、新婚旅行から帰った後に、引き払う予定となっていた。公共料金は引き落としで、その点の心配はしていなかったが、不動産屋には部屋を出る旨を伝えていた。

婚約解消を受け、義妹が不動産屋に行き、部屋を借り続けられるように話を付けておいてくれたおかげで、晴子は住み慣れた部屋に戻れるようだ。

「勝手に部屋に入られるのはお嫌かと思ったのですが、四ヶ月も放置する訳にはいきませんから」

「すごく助かったわ。ありがとう……にしても」

晴子は目の前の、うら若い女性を信じられない目で見た。

「なんですか？」

「うちの弟に、よくこんな可愛くて性格のいいお嫁さんが来たと思って」

「……大輝さんは素敵な人ですから」

「あ……それは失礼しました」

のろけられた。

その素敵な大輝さんが、父と連れ立って、晴子の食卓の向かいに座った。結婚式を逃亡したことに対する「ご意見、ご感想、苦情の類」が来ると覚悟して背筋を伸ばす。

「姉さん、どっちがいいと思う？」

「はい？」

「父さんのはこれだ！」

いきなりお菓子のプレゼンが始まった。

御前園の父が出したのは、立体的なホッキョクグマを模《かたど》った和三盆だった。小さいながらもフォルムや毛並の再現性が高い。

「これをな、このマシュマロで作った氷山の上に乗せ、ココアに乗せると……」

ココアの熱で、マシュマロは溶け、ホッキョクグマも茶色の海に落ちた。

「どうだ！」

「どうって……」

「姉さんもヒドイと思うよな？」

弟の御前園大輝が父親の菓子を批判した。

「なんだと！　地球温暖化で氷山が溶け出し、ホッキョクグマも大変だということを表しているんだぞ！」

「気持ちは分かるけど、ココアを飲むのに、そんな悲しい気持ちになりたくない！　それに、夏に向けての菓子だぞ？　熱いココアの需要がなさすぎる！」

どうやら父と弟はカフェ・ぶらんこぶらんかに卸す新商品の開発をしているらしいことに、晴子は気がついた。

家族の皆が、自分に普段通りに接してくれようとしている……多少、わざとらしい明さが感じられない訳ではなかったが、それも含めて彼女はありがたく受け取った。

息子にやり込められ、しょんぼりする父を感謝の気持ちも込めて娘がフォローする。

「うん、でも、形は可愛いと思うから……アイスの上に乗せて出してもいいかもね」

「そうですね！　クリームソーダに添えても可愛いかも！」

娘と、加えて嫁の助け舟に、父は満足気な顔で乗った。

「どうだ！」

「どうって……クリームソーダも結局落ちるんじゃ……」

「大輝！　あんたの菓子を出しなさい‼」

可愛いお嫁さんの意見にすら納得しない弟を、晴子は慌てて遮った。

ホッキョクグマのお菓子に真剣になってくれるのは嬉しいが、夫婦喧嘩に発展したら困る。

「俺？　俺のはこれ！　ホッキョクグマ最中《もなか》！　白さにこだわり、米粉を使ったホッキョクグマの形の皮に、御前園堂自慢の白餡を挟むんだ。サクサク感を味わうために、餡は食べる直前に詰めるタイプ。カフェなら、注文を受けてから作るようにする。夏にはアイスも挟めるぜ！」

「あ……意外にいい」

「だろう！」

「やりましたね！　大輝さん！」

「ありがとう！　霞が相談に乗ってくれたおかげだよ！」

……結婚の夢破れた姉の前で、弟夫婦はこの世の春とばかりに、いちゃついた。

いつか自分にも奈良夫婦や弟夫婦のように互いを尊重し、分かりあえる相手が現れるんだろうか。

その前にまず、晴子にはすべきことがあった。


次の休みの日、晴子は相手先に電話をかけ、謝罪に行く旨を告げた。門前払いにはならなかった。

晴子はよそ行きのワンピースを着てから思い出した。これは相手と初めてデートをする時、買い求めたワンピースだ、と。違う服にしようかとも思ったが、生憎、謝罪に伺うのに相応しい服はそれしかなかった。玄関先で、父、母、弟、義妹、それぞれから「自分が付き添おう」と申し出られたが、彼女は断った。

自分一人で行くと決めたのだ。

晴子の母は、相手先の対応が今度もきっと酷く、娘を傷つけるだろうと案じた。何も四ヶ月も経ってから、わざわざ行くこともない。謝罪は自分達がしっかりした。慰謝料も払ったのだ。

それでも、晴子は行くと言った。子どもの頃から一度決めたら必ずやり遂げる、頑固な一面があった。

どんな罵倒も受け入れようと意気込んだ晴子は、思いもかけず歓迎された。

相手先の両親はニコニコと逃げた花嫁を迎え入れた。

そして——息子を呼んだ。

晴子の結婚相手になるはずだった男は、若い女の子を連れてやってきた。晴子と同じようなワンピースを着ているが、お腹の辺りがふっくらと膨らんでいる。

「こんにちは、晴子さん、久しぶり。ちょうどよかった。あなたに招待状を送ろうと思っていたところだったの」

相手先の母親が満面の笑みで言いながら差し出した封筒は、明らかに結婚式の招待状だった。

「うちの息子、結婚することになったのよ」

若い女の子がニッコリ笑った。

晴子は驚いて、四人の顔を見た。そのどれもが、彼女に対して、勝ち誇っていた。

「やっぱりお嫁さんは、若くて素直で可愛い子がいいわよね」

息子を馬鹿にされたと晴子を恨んでいた母親は、これ見よがしに、〝嫁〟を褒めた。

「結婚が駄目になって、落ち込む息子を慰めてくれたのよ。こちらのお嬢さん……うちの門下生の孫弟子のお嬢さんで、うちの事務の仕事をしていたのですけどね……。まあ、御前園さんほどのお家ではないですけど、若くて素直でしょ？　それって、女性としては価値があると思うのよ」

妻の当てこすりに、旦那の方も乗った。

「こんな可愛らしくて若いお嬢さんが嫁に来てくれることになったのだからね。結果よければすべてよし。あなたの無礼も許そうという気持ちになりますよ。もっとも、そのお歳でこんな真似をしたあなたの行く末までは、こちらも関知できませんがね」

「ま、そういうことだ。結婚式に来てもいいぞ。今度はきっと晴れるだろうな」

元結婚相手は、片手で髪の毛をしきりに弄《いじ》っていた。

「はあ……それはおめでとうございます。本当によかったです……あの、その節は大変、申し訳ありませんでした」

晴子は自分が馬鹿にされていることを悟ったが、そうされても仕方がない真似をしたことを承知していたし、相手側が大変幸せそうで満足しているようだったので、なんだか気が楽になった――はずだった。


相手先を辞した晴子は無性に子グマ達に会いたくなった。あの子達の顔を見たい。それから……。

彼女の足は、動物園の子グマコーナーに向かった。

「あ！　晴子お姉ちゃんだ！」

「え？　違うよ……あ、本当だ！」

「でしょう！」

「だって、今日はお姫様みたいな格好なんだもの。とっても綺麗！　どうしたの？　デート？」

「デートなの!?」

おませな坂上保育園の年長組の女子達に見つかった。とびきり若い声が、きゃあきゃあとはしゃいでいた。普段はつなぎ姿の自分が、スカートを履いているだけでお姫様に見えるようだ。

自分にもこんな頃があったのだと晴子は思った。

「ばーか！　晴子はデートなんかしねぇよ！　なんだよ！　変な格好！」

「ちょっとショウくん！　晴子お姉ちゃんに意地悪言わないでよ！」

ホッキョクグマの折り紙をくれた男の子が、その年頃らしい憎まれ口を聞き、同い年の女の子に怒られた。

俄《にわ》かに騒ぎ出した子ども達に、保育士は驚いたが、晴子の姿を見て納得し、軽く会釈をした。晴子もそれに返した——と、雨宮一がカメラを持ってこちらを見ているのに気がついた。

彼はカフェで開催するイベントの打ち合わせに行くと会社に告げ、動物園に来ては、いつも双子の写真を撮っていた。

今日は白いシャツの上に、登山用具で有名なお店のマウンテンパーカを羽織っている。

「御前園さん……今日はお休みと聞きましたが？」

涼やかな声が、僅かに動揺していた。

彼は思わず空を見た。青空が広がっている。それなのに、目線を下げた時、雨が降り始めたのだと思った。

晴子の頬が濡れていたのだ。

「晴子お姉ちゃん、泣いているの？」

目ざとく見つけた園児が大きな声で聞いた。

「ばーか！　晴子は泣いたりなんかしねぇぞ！　なあ？　晴子？　どうした？」

ショウくんと呼ばれた男の子がびっくりしていた。

「御前園さん？」

「どうして……」

どうして自分は泣いているのだろう。晴子自身も分からなかった。相手側には許してもらえた。それが屈辱的な扱いでも自分は先ほどまで、あれほど晴れ晴れとした気持ちだったではないか。

それなのに一の顔を見た途端、涙が溢れてきたのだ。

最近の癖がそうさせたのだと思った。自分は彼の前でずいぶん泣いてきた。そのせいで、涙腺が緩んでしまうのだ。こんな人前で泣き顔なんて見せたくないのに。

「雨男だ……」

心の中にまで雨を降らす男を晴子はなじってしまった。

「晴子！　なんで泣いているんだ！　なんでだ！」

足元でショウがおろおろとしている。そのせいで、周りの客達も何事かと視線を向け始めた。

「なんでもないの、心配しないで」

晴子はなんとか涙を堪えてショウに笑いかけようとしたが、ひきつってしまってうまくいかない。

泣いている顔を見られまいと顔を伏せると、地面が水玉模様になっていた。水玉はどんどん増えていく。

「ショウくーん！　雨が降ってきたから屋根のある所に行くわよ！　濡れると風邪をひくから！　早く！」

「いやだ！　晴子！」

男の子は大事な預かり子に風邪をひかせまいとする保育士によって、強制連行されていった。

他の客も慌てて、坂を下り、屋根のある場所に逃げ込む。朝から晴天で、降水確率〇パーセントの行楽日和に、傘を持ってきた人間はいなかった。

今だって、空は晴れている。天気雨だ。すぐにやんで虹が出るだろう。

その間、ある者は近くにある室内展示の爬虫類館に行き、ある者はこれまた近くのカフェに雨宿りの場を求めた。

晴子は、雨に濡れながら考えていた。自分は悲しいのか？　悔しいのか？　いや、それはない。あの結婚を取りやめたことは正解だったと思っている。では、なぜ？　もしかしてそれは、この雨を降らしているだろう雨男のせい……。晴子は考えをめぐらせながら、ぼうっと双子を見ていた。

双子も晴子の方に顔を向けている。

しばらくすると、声をかけられた。

「そろそろ十分でしょう？　中に入りませんか？」

たとえ、降水確率〇パーセントの日だろうと、決して傘を忘れたりはしない男は、カメラバッグの中から傘を取り出して晴子に渡した。

本人はマウンテンパーカの前を閉め、フードを被ったまま晴子のそばにいたらしい。

しかし防水性の高い防水透湿性素材のそれは、彼の上半身を雨から守っていた。晴子は休みだと聞いていたので、今日は〝対策〟をしなくてもいいかな、と思ったのだ。

そのため、いつ雨が降っても大丈夫なような一般的な〝対策〟だけはしっかりしていた。

一はもはや勝手知ったる飼育員控室に、晴子を連れていった。

途中で、太宰とすれ違う。

晴子は全身ずぶ濡れだったので、頬が涙で濡れていることに、太宰は気がつかなかった。

控室の扉を開けた多賀も、居合わせた若手の飼育員の志波も、広報、筑紫も同じだった。

筑紫は休みの日だというのに、勤務先にノコノコやってきた挙句、ずぶ濡れになってい
る晴子に眉をひそめた。

「何考えているんですか？」

「すみません。私のせいなんです。突然、雨が降ってきて御前園さんが濡れてしまいまし
た」

一が謝った。

志波は、どこが「すみません」で、なぜ「私のせい」で、どうして「雨が降ってきた」
のか全く理解できなかったが、あまりに真剣な顔で言われたので疑問を口にできなかった。

彼女が勤務時間外にずぶ濡れで現れたのはあの結婚式の日から二度目だった。

この控室にも予備の着替えを置いてあった。晴子は控室の一番奥にある衝立で仕切られ
た着替え用のスペースに向かった。

一の方は、マウンテンパーカを脱ぐと乾いた白いシャツが現れた。

ワンピースのお姫様からつなぎ姿の飼育員に戻った晴子は、事情を知りたがった皆に正
直にその日あったことを話した。

その話を聞いて激昂したのは、なぜか筑紫だった。

「御前園さんって、どこまで幸せな脳みそしているんですか!?」

男性陣も同じようなことを思ったが、晴子の気持ちを考えると、そこまではっきり言えなかった。

が、筑紫は容赦なく責めた。彼女は晴子のような女は好きになれないと思っていたが、元婚約者の嫁という〝その女〟はもっとはっきりきっぱりと大嫌いなタイプだった。

「どう考えても二股かけられてましたよ、それ！　お腹大きかったんでしょう？」

「――大きかった……かな？」

「目立っていたのなら、それなりの周期に入ってるはずだぞ。ホッキョクグマじゃないんだからな」

多賀が自分の妻の時のことを思い出しながら言った。

ホッキョクグマの場合は、春の間に交尾を行うが、受精卵は冬の出産時期に合わせて着床が遅延される。そのためホッキョクグマの誕生日は十一月から一月の間に集中する。坂上動物園にいる四頭は全て十二月生まれだ。

しかし人間は違うだろう。受精すればすぐに着床し、受精卵は細胞分裂を始め、胎児は大きくなりお腹は膨れる。今、お腹が目立っているということは――。

「でも、あれから四ヶ月は経っています」

「御前園さん、なんで結婚やめようと思ったんですか？」

筑紫の問いに晴子は答えたくなかった。自分が婚約者に粗末に扱われたなんて言いたくない。

「そんなの、あなたに関係ないでしょう？」

「ああそうですか。じゃあ、当ててあげます。突然、冷たくされた――ではないですか？」

当たっていた。

ふふん、という顔をされた。

晴子は居たたまれなくなった。ここでも責められるなんて。

だが、筑紫は晴子の代わりに憤怒《ふんぬ》していたのだ。

「絶対その女、狙ってましたよ！　いや、もしかすると最初は御前園さんのお相手が、若くて可愛い事務員さんに言い寄っていたのかも。だけど、若くて可愛い女は自分の価値を高く評価しているから、おじさんなんかと結婚するつもりはなかった……け・れ・ど・も！」

そこで一旦、言葉を切った。

一を除く三人の視線が筑紫に集まっていた。

雨宮家の御曹司は、たまたまそこで晴子が撮った双子の写真を見つけ、それに夢中になっているように見えた。

「けれども？」

若い志波が興味津々で続きを催促したので、我に返った筑紫は続けることにした。

「けれども！　今まで自分に言い寄っていた男が見合いをして、自分よりもおばさんと結婚することにした」

「御前園さんはおばさんじゃない」

志波は抗議した。

「若い子から見たらそうなの！　二十歳そこそこだったんでしょう？」

筑紫の問いに、晴子は頷いた。

「人のものになった途端、急に惜しくなったのね。なんといってもそこそこの家柄の息子で、資産家なんでしょう？　自分なら奪えるかも、って思っちゃったんじゃない？　いるのよ、そういう女。そして、それに騙《だま》される男！　その女、今頃、高笑いしているわよ‼」

自分で話しているうちに、さらに腹が立ったのだろう。筑紫の顔は真っ赤になり、その迫力に志波が怯えた。

「やけに真実味がある話だな……」

多賀は圧倒されながら言った。彼は長く生きてきたが、そんな女に会ったことはなかった。もしかすると、自分と筑紫は別の次元で生きているのかもしれない。

「別に私が同じような目にあった訳じゃありませんよ。でも、そういう話、よく聞きますよ」

彼女は弁解するように言う。

「どこで聞くんだろう？」と飼育員三人は思った。

雨宮一はそれなりに聞いたことがあった。彼の知り合いには、それで失敗した者も、それなりに幸せになった者もいた。

「つまり、あの人が急に冷たくなったのは、他に好きな人ができたからなのね」

晴子はため息をついた。あの髪の毛を弄る癖は、後ろめたさの表れだったのかもしれない。動物の変化には敏感なくせに、人間相手だと鈍くなってしまうようだ。

「だったら、言ってくれればよかったのに」

「そうですよ！　二股かけるなんて、同じ男として許せませんよ！」

志波が憤慨した。

「……御前園さんが鈍感だから、相手は気を揉《も》んだでしょうね」

筑紫はだんだんと阿呆らしくなってきた。

「もう婚約しちゃって、結婚式会場も押さえちゃったのに、突然、若くて可愛い女の子に言い寄られて、やっぱりそっちの方と結婚したくなったから、別れてほしいなんて言えないですよ。一〇〇パー、責任を追及されるじゃないですか」

「そんなの当たり前だろう！」

「世の中の人間、誰もが志波さんみたいに硬派じゃないんですよ！　そこで一計を案じ、ネチネチと苛め御前園さんの方から婚約を破棄してもらおうとしたのに……」

きょとん、とした顔の晴子に、筑紫は舌打ちをした。

「いくら〝お前が嫌い〟アピールをしても結婚する気満々で、ちっともその気配がないから焦ったでしょうね。結婚式当日で、やっと決断してくれてよかったと思ってますよ、きっと！」

坂上動物園の広報が、どこまで世情に通じているのか分からないが、その話が本当ならば、晴子は全く無駄な我慢をしたものだ。

「一度、約束をした以上、守らないといけないと思って……」

「御前園は真面目だからな」

いつも後輩の仕事ぶりを見ている先輩が言った。

「そうですよ、御前園さんは真面目すぎたんですよ」

いつも先輩の仕事ぶりを見ていた後輩も言った。

ああ、そうですか。おモテになってようございますね。筑紫は皮肉っぽく思った。

そんなことを言って、どうせこれを逃したら次はないと追い込まれて程度の低い男でもいいから縋《すが》りつこうとしていたのだろう——と。

だが、思考がそこまでたどり着いた瞬間、筑紫はゾッとした。彼女は晴子を三十路女と思っていたが、自分だって、二十五歳だ。あと五年で彼女も立派な三十路なのだ。

たった五年……いや、三年もしたら、ここまで追い詰められるのか。

自分だけは大丈夫、なんて余裕をかましていたら、いつ晴子と同じ目に遭うか分からない。彼女は先月、友人の結婚披露宴に出席し、来月の大安吉日にも予定が入っていた。

雨宮一なんて、高嶺の花を追いかけるよりも、もっと身の丈にあった相手を見つけよう。

そのためには〝出会いの機会〟はいくらあってもいい。

「御前園さん、御前園さんだって、まだ若いですよ！」

「さっきおばさんって……」

「志波さんは黙っていてください！　今の時代、初婚で三十越えているなんて普通ですよ。その女をぎゃふんと言わせるには、御前園さんが幸せな結婚をするのが一番です。どうせ一時の支配欲と略奪欲で結婚したんです。幸せになれるはずがありません！」

そういうものだろうか？

筑紫の言うことも分かるが、晴子はもう〝結婚〟に焦ったりはしたくなかった。

「そんな動機で結婚したくない」

「またそういう綺麗事を！　明後日、テレビの取材が入ります。そこで御前園晴子、ここにあり！　と全国に知らしめましょう。御前園さんはちゃんと化粧すればそれなりに見られる顔ですから、もしかしたら〝ホッキョクグマを育てた美人すぎる飼育員〟とかなんとかもち上げられて、有名になるかもしれませんよ。そうしたら、物好きな男の人が出てくるかもしれません」

「――そういう動機で取材を受けるつもりは……」

「御前園さん！　弱気は駄目です！　できる限り高スペックな相手を捕まえてください！」

――そして私にその友達を紹介してください！

声なき筑紫の願望が炸裂した。

慰謝料だ、復讐だ、とひとしきり騒いだ筑紫は、「今度、飲みに行きましょう！　御前園さんの性根を叩き直してあげます」と、言い残して仕事に戻って行った。

「どうする御前園？　弁護士なら俺の妻の従兄弟の嫁さんの伯父さんに一人居るから相談してみるか？」

「多賀さん、それほとんど他人ですよ。俺の大学の先輩の高校の時の家庭教師のお兄さんが、ちょっと有名な弁護士らしいです。相談してみましょう！」

どっちもほとんど他人だな。それに民事の、しかも男女関係専門かどうかも大事だと思うが……と、やはり専属の弁護士がいる雨宮家の息子は思ったが、彼は自分の手練《てだ》れの弁護士を晴子に紹介しようとは考えなかった。

この件に、自分が関わることは、誰のためにもならない。


両親が心配しているだろうと、晴子は今日はもう実家に戻ることにした。すると、一もちょうど会社に戻るところだったと言い、一緒に坂上動物園を出ることになった。

天気雨は上がり、園内には再び人の流れができていた。保育園の子達は帰ってお昼寝の時間なのだろう。姿はなかった。

「ありがとうございます」

「何が？」

「……あの、いつも親切にしてくださって」

辛い時に、彼はいつも黙ってそばにいてくれた。

「そうですか？」

思ってもみなかったことを言われ、意表を突かれた一は、立ち止まった。

彼自身は晴子に〝特別に〟親切にしたことを認めていなかった。ただ、自然に何か手助けしたい、笑顔になってほしいと思い、実行しただけだった。そのことで何か勘違いをされていたら嫌だなと思った。困るな、ではなく、嫌だ、と思った。

筑紫の話を聞いた彼女が変な気を起こして、自分相手に〝婚活〟なるものを始めたら、今まで利己的な理由で自分に言い寄ってきた女性達と同じだと、軽蔑してしまうだろう。

そんな女性達をあしらうのは慣れている。面倒で、迷惑で困るが、できなくはない。だが、晴子をそんなふうに見て、そんなふうに扱うことになるのが、とても嫌だと思った。

「ええ。そのせいで、私、雨宮さんに甘えてしまいました。いつも泣いてしまうし……また、雨男呼ばわりをしてしまいました」

「それは……まあ、そうですね」

「優しいから。雨宮さんは優しいから、ひどいことを言っても許してもらえると、甘えてしまっているんだと思います。初めて会った時あんなに迷惑をかけたのに、いろいろ親切にしてくれて……つい、甘えてしまいたくなったんですね。すみませんでした。双子も立派に一人立ちをしようとしているし、私もこれからはもっと強くなります。ご迷惑をおかけしました」

それが、一の顔を見て泣いてしまった彼女が出した結論だった。

雨宮家の輝かしい御曹司は、混乱していた。「優しい」とか「甘えてしまう」とか、こちらにすり寄るような単語を使った挙句、いきなり突き放された。

それ、違うんじゃないのか？　と彼は晴子の顔を見た。

腹が立つほど清々しい顔をしている。

これなら、筑紫の甘言に乗って〝高スペックの男をモノにする〟女になって、ぐいぐいと自分に近づいてきてくれた方がまだマシだと思い、そう思った自分に愕然《がくぜん》とした。

晴子をそんな女性として見たくないと思ったばかりだったのに！　いざ、離れていかれるとなると、それでもいいから距離を置かれたくないと思うなんて！

一体、自分はどうしたいというのだろう。

彼はまだ、自分の気持ちを知らなかった。

当然、晴子も一の気持ちを知る由もなかった。

車で送っていこうかという一の誘いを断り、晴子は背を見せて歩き出した。彼がそれを呆然と見送っていると、数歩、歩いたところで彼女は振り向いた。

晴れたし、着替えもした。もう一度、双子に会いに行くことにしたのかな、と一は思った。

すると、晴子が空を指さしながら言った。

「見てください、雨宮さん！　虹が出ていますよ！　……雨もいいですね！」

彼女を笑顔にさせるには、これまでホッキョクグマの話をするしかなかった。しかし今、雨に関しての話題で、彼女は自分に笑ってくれた――。

雨男には眩しいばかりの太陽の笑顔だった。

家に帰った晴子はまず、結婚式逃亡の顛末《てんまつ》を義妹の霞に話した。

両親と弟には、さすがに言いづらいので、どう切り出したものか、相談しようとしたのだ。

相手側が結婚間近、しかもお腹の大きな嫁をもらうと聞いた霞は、「そういうこともありますよ」と頷いた。

「え？　そうなの？　職場の人も言っていたけど、人のモノを欲しがるってどういうことか分からない」

「私も分かりませんよ。でも、いない訳じゃありません。不倫とか略奪とか、褒められたものじゃありませんが、それでも当人同士が真剣で、もうこうするしか他にないくらい愛し合っているのならばともかく、ただ〝他人のモノが欲しい〟から奪っちゃう！　という女もいるんです。もう、本当！　お義姉さん、あんなのと結婚しなくてよかったですよ！」

「そうね」

相手が自分のことを本気で好きだったら、いくら若くて可愛い子が近づいてきても、相手にしないだろう。その程度の愛情しかない人間と、結婚しなかったのは幸いである。

「ねえ、霞さん？　お父さん達、いくらぐらい相手側に支払ったのか知ってる？」

晴子はお金を取り返そうとは思わなかったが、しかし、そのお金の出所は両親なのだ。

たとえ、裁判か、調停かで、相手側と顔を合わせるのが嫌だとしても、両親がお金を返してほしいと思ったら、その手続きをするつもりだった。

「――それは、知ってますけど、お義姉さんには言えません」

できた嫁は濁した。となると、結構な額を包んだのだろう。

「手切れ金だと思って諦めましょう。悔しいけどこれ以上関わったら、こちらの品位が下がりそうです。捨てる神あれば拾う神あり。カフェ・ぶらんこぶらんかのおかげで、『菓匠　御前園堂』の経営面も心配はありません。その拾う神を連れてきたのはお義姉さんですよ。あんな不実な人達を相手にするくらいなら、新しい人脈から恋を探した方が建設的です」

霞も筑紫と同じようなことを言うが、晴子の歳になると、新たな出会いを探すのも億劫になってしまうのだ。

晴子だって、出会いがなかった訳ではない。小学生の頃には既に彼氏がいたくらいで、その後も中学、高校、大学とそれぞれ別の男性と付き合っていた。

大学生の頃の恋人にはプロポーズをされた。あのまま、彼についていけばよかった――。けれども、すでに時遅く、遠く離れてしまっていた。

身近で、気心の知れたいい相手がいればいいのに。ふと、雨宮一の姿が浮かぶ。それを晴子は打ち消した。

あり得ない。あの人は決して〝身近〟な人ではない。思いもかけず、気さくな人だから、誤解してしまいそうになるが、彼は大企業グループのトップの御曹司なのだ。ただのホッキョクグマが大好きなカフェ・ぶらんこぶらんかの店員ではない。

「まあ、ゆっくり探すわ。とりあえず今は、結婚とか考えたくない」

「そうですね」

表向きはこちらが全面的に非があるものの、まさかの相手側の浮気発覚なのだ。とても男を信じられる気分にはなれない。

でも――と霞は心配した。その不幸を言い訳にして、幸せを探そうとしなくなる姿勢は問題だ。

御前園晴子は家族や周囲の人から愛情をたっぷりと受けて育った、朗らかで気性のよい女性であり、小さい頃からの夢を一途に追いかけてそれを見事に叶え飼育員になった。そこで、ホッキョクグマの人工哺育という大きな仕事を成し遂げた。

霞から見て、とても素敵で尊敬できる義姉だった。そんな人が、このまま最低野郎に押しつぶされたままでいい訳がないのだ。

双子の水泳訓練

ホッキョクグマは母子以外は基本的に単独で行動している。オスとメスは繁殖期に出会い子供をつくるが、オスは育児には参加しない。それどころか厳しい環境下では、たとえ自らの子どもだとしても、子グマを捕食してしまう。オスのホッキョクグマは子連れのメスにとっては天敵なのだ。出産時オスが近くにいるのはメスにとって非常に大きなストレスとなり、育児放棄につながる。

それ故に、飼育員達はアルルの出産準備の一環として、それぞれの寝室を東と西の端に離し、隣り合う放飼場に出していても、アルルがデルタの姿を見ることがないように心がけた。そしてそれはアルルの出産後も続けられていた。

今、二頭の寝室の間、中央の部屋には双子が住んでいる。

淡い期待を持ったものの、やはりアルルは双子を自分の子どもとは認識しなかった。子どももそのメスのホッキョクグマを〝母親〟とは思っていないようだ。

それでも、二つの放飼場の間の、互いに覗けるようになっていた場所の目隠しを取り外し、〝子グマコーナー〟にいる双子が、大放飼場に出ているアルルの姿を垣間見ることができるようにすると、興味はあるようで、かわるがわるその様子を伺った。互いの存在を拒絶する様子はなかったので、折に触れてそのような機会を持つことにした。母親とは思わなくても、同じメスのホッキョクグマの大人から、何か得るものがあるかもしれないという期待である。

そんな訳で、春になって繁殖のために同居することになったアルルとデルタは、久々に相手の姿を見ることになった。その方が繁殖期に偶然出会った気分になり、二頭も盛り上がるのではないかとの、これまた人間側の期待、企みでもあった。もっとも、鼻のきく彼らのことだ、互いの存在には気づいていたのかもしれないが……。

昨年の同居では問題はなかったが、まずは慎重に鉄格子越しにお見合いをさせ、攻撃的な様子が見られないことを確認してから、大勢の飼育員が警戒にあたる中、同じ放飼場に出すに至った。

この時期は、二頭の成獣のホッキョクグマが大放飼場で一緒にいるところが見られ、さらに今は隣の子グマコーナーに彼らの子どもである双子がいることもあって、ホッキョクグマ舎の前にはいつもより多くの人だかりができ、一挙手一投足に歓声があがっていた。

ペアは放飼場の中でじゃれ合ったり、デルタがアルルを追いかけ、出会うと鼻を突き合わせ、長い首をからめ合ったりした。寄り沿って昼寝する時もあれば、興味がなくなったように離れて過ごすこともあった。

そのうち、二頭の間に繁殖行動が見られたとの報告を、幼い双子のホッキョクグマと、観客の安全のために警備に立っていた職員から聞いた晴子は、監視カメラの映像で自身もそれを確認した。

その成否は冬になってみないと分からないが、坂上動物園では、アルルの妊娠、出産を想定して動きだすことになった。

投入された資金は、アルルが早く慣れるように、まず産室の工事に優先的に使われ、さらに、ホッキョクグマ舎の改造、防音対策に使われた。今回は獣舎の地下にも産室を作ることにした。以前の産室も側面に板を貼って、気に入ってもらえるように手を加えた。

飼育下での自然繁殖を成功させている他園の資料を改めて精査し、出産期に合わせ、アルルにストレスがかからないような四頭の寝室の配置と移動、放飼場の使用、給仕の方法について計画を立てる。


アルルの自然哺育に向けての準備の一方で、彼女の初めてのホッキョクグマの子どもである双子には、ある試練が待ち受けていた。

それが、水泳訓練だった。

ホッキョクグマは学名『Ursus maritimus』(ウルスス マリティムス)という。『海に住むクマ』という意味の名を持つ彼らは泳ぎが達者である。

子グマ達は母グマの姿に習い泳ぎ始めるが、人工哺育の双子の場合は、晴子が手本を見せないといけない。そのため、自立を促した後も彼女は双子と直接触れ合う時間を絶つことはしていなかった。すでに体重二十キロにもなる双子だ。二頭が遊んでいるつもりでも、晴子に危険がない訳ではない。それでも、泳ぎの練習は絶対に必要だ。

防寒に特化した身体ゆえに暑さが苦手なホッキョクグマにとって、生息域から外れるこの国で夏を過ごすには、プールに入って涼む方法を体得しなければならない。

それまで空だったプールに浅く水を張る。

放飼場に晴子が入ると双子は喜んで寄ってきたが、プールの中に入る気はなさそうだ。おもちゃを投げ入れても、プールのそばをウロウロするばかりで取りに行こうとはしない。そこで、晴子はつなぎの上に胴長を履きプールに入り、双子を呼ぶことしたが、彼らは陸上から晴子を呼んだ。

四月の水も気温も人間には辛い冷たさだった。晴子は震えたが、殊更、明るく振る舞った。プールは楽しいということを双子に伝えないといけない。

「ソラ！　ウミ！　おいで！」

なんと、双子達の名前は雨宮一が望んだように、投票により『ソラ』と『ウミ』に決まり、絵を描いた男の子は、みんなの前で訳も分からず表彰された。

晴子は思うところはあったが、その名を呼べたことを、心の底では喜んでいた。しかし、外には見せなかった。特に、一には絶対、知られないようにした。感謝するような素振りを見せたら、〝自分のために一が便宜を図ってくれたと思っている〟と、勘違いされてしまいそうだからだ。

当の一は、今日もカメラを構えていた。他の客達も、可愛い双子の水泳練習を写真に撮ろうとしている。

晴子は困っていた。ソラとウミがみんなに愛されるのは嬉しいが、練習するには気が散るのだ。

ちょうど、坂上保育園の園児達の散歩の時間だったので、「がんばれ～」の声援が飛んだ。

練習を始めた頃は、晴子が厳しく双子を水の中に入れようとするのを見て、泳ぎが苦手な子ども達の間から「可哀想」と言う声が上がった。それを聞いて、晴子は自分がひどい〝母親〟になった気がした。

「それは違うよ」

その時に、プールの中にいた晴子に代わって、園児に説明をしたのは一だった。

もはやお前、何者なんだよと、晴子のことが気になって、たまたまそばを通りかかったふうを装ってやってきた飼育員の志波は思ったものだった。

そんな飼育員の感想を知ってか知らずか、すっかり双子専門の解説者となった一は、晴子の意図を丁寧に分かりやすく子ども達に伝えた。

ホッキョクグマ舎の前でよく会うようになっていた一と園児達――とくにショウは、すっかり顔見知りになっていた。

「そうなんだあ」

「プージ様って、なんでもよく知ってますね」

「ふん、プーのくせに偉そうだな！」

なぜか子ども達は雨宮家の御曹司を『プージ様』と呼んだ。男の子達に至っては『プー』である。

「なんでプージ様？」

志波の問いに、保育士が困ったように答えた。

「ショウくんが雨宮さんがいつも着ている服のことを聞いたら『これはストライプという柄なんだよ』と言ったことがきっかけで、最初はストライプの王子様だったんです。それが……」

ストライプの王子様がストライプ王子になり、さらに年少の子ども達が言いやすいように『プージ様』になったという。その、究極の略称が『プー』である。

しかし、平日の昼間にカメラをもってブラブラしている若い男が『プー』という愛称なのは、いろいろまずいのではないかと、大人達は思っていた。

坂上保育園のやんちゃ坊主、ショウは、はっきりと聞いた。

「おい、お前、仕事していないのか？」

彼の父親は毎朝、彼を保育園に送っていく。夜はいつ帰れるか分からないので、朝のその短い時間を親子の時間として大事にしていた。そして、仕事をする意義について、息子に教えていた。自分達が子どもを保育園に預けて働く意味についてだ。

そんな勤労の英才教育を受けているショウには、父親と同年代なのに仕事をしているようには見えない男は不思議な存在だった。

「仕事？　しているよ」

「どこが？」

「カメラマンなのよ！」

おませな女の子は、そういう職業があることを知っていた。

「そうなのか？」

「いいや、カメラは趣味……ああ、でも、そうだね。最近は仕事にもなっているかな。双子の写真を撮って、あそこのカフェに飾っているし、絵葉書にもなっているよ」

ソラとウミをこよなく愛す男の撮る写真は素人ながら、高い評価を受けた。晴子が撮る写真とはまた違う。ほのぼのとして可愛らしく、時に野生を垣間見せる力強い姿。それは双子をずっと見てきた彼だからこそ、切り取れる一瞬だった。

プロのカメラマンを使う予定だったカフェ・ぶらんこぶらんか関連の宣材やグッズの写真部分は、一が受け持つことになった。当初は御曹司の趣味として、面白半分に受け入れられていたのが、なかなかよい写真を撮るからと、正式に採用されるようになっていったのだ。

イラストは引き続き、晴子が担当していた。

二人の写真とイラストのグッズは、通信販売でも好調な売れ行きを示し、双子人気にもあやかって、園内でしか買えない限定品のためだけに、わざわざ遠くから来るファンも出てきた。

『菓匠　御前園堂』の『危機一髪！　シロクマ和三盆』と『サクサクシロクマ最中』を使ったカフェメニューも、初夏に向けて商品化の許可が出た。そのせいで、一は交渉に歩き回るようになり、なかなか動物園に顔を出しづらくなっていた。

それでも暇を見つけては、園に来る。園児達が思っているより暇でもなければ、さぼっている訳でもないのだ。ただ、その涼しげな顔立ちが、常に余裕があるように見えてしまう。

晴子は双子を育てた飼育員としてテレビのインタビューを受けた。それが放送されると人気を呼び、ある程度顔が知られるようになった。それをいいことに、一は彼女の姿も避けることなく写真に撮るようになっていた。

〝母親〟と戯《たわむ》れるソラとウミの姿はまた格別で彼女込みの写真は、晴子は嫌がったが好評だった。筑紫が冗談で言った〝美人すぎる飼育員〟は半分、実現した。実際には〝ホッキョクグマを育てた美人飼育員〟と宣伝された。

一部で〝美人飼育員〟目当ての来園者も増え、賞賛と……からかうような言葉が投げつけられるようになっていた。

それを聞いた周りの人間と、言った人間の間で小さな揉め事が起こったことで、晴子が子グマコーナーで双子と遊んだり水泳練習をする時は、職員の他に警備員も立つようになっていた。

事件は、そんな中で起きた――。

「フラッシュは止めてください！」

晴子の声が響いた。

動物園では写真撮影は禁止していなかったが、フラッシュを焚くことは遠慮してもらっていた。

せっかくソラがおもちゃに興味を持って、プールをのぞき込んだというのに、光に驚いて逃げてしまった。ついつい、きつい口調になってしまう。

フラッシュを焚いた男は、大勢の前で注意されたせいで恥ずかしくなったのか、それを誤魔化そうとわざとヘラヘラ笑いながら弁解した。

「そんな怖い顔をするとせっかくの美人が台無しだよ、お姉ちゃん。ちょっとばかし間違えただけだ。一回くらいで目くじら立てることないだろう。こっちは遠くから来たんだから、サービスしてくれたっていいじゃないか。ほら、別嬪さんに撮ってあげるからさ」

さらに一枚、フラッシュで写真を撮られ、晴子は眩しさに目を瞑った。

飼育員の御前園晴子だったならば、たとえマナー違反に内心では怒っていても、表面上はそれなりに厳しくもやんわりと注意をし理解を求めただろう。もし、使い方が分からないのならば、お客さんのカメラの設定を変えて、フラッシュ機能を停止させてあげるくらい、造作もないことだった。しかし、ホッキョクグマの〝母親〟としての御前園晴子には、それはできなかった。

水泳練習を邪魔されたことを怒っているのではない。強い光で、子グマ達の目に悪影響が出ることを恐れているのだ。男にとっては一回や二回でも、それが積み重なれば、他の客にも影響を及ぼし、何十、何百ものフラッシュを浴びる可能性もある。

晴子によって、しっかりと動物のことを学んでいた坂上保育園の園児達も、それは「いけないこと」だと知っていたので、抗議の声をあげた。

「そんなことしちゃいけないんだぞ！」

「ソラとウミがかわいそう！」

今度は子どもたちから批判を浴び、お酒を飲み、酔っていると思われる男は狼狽し、ますます顔が赤くなった。

「おうおう、可愛い子ども達だな。ここじゃあ、見にくいだろう。おじさんが、抱っこしてあげよう」

少しでも子ども達の印象をよくしようとしたのか、手近にいた女の子を抱き上げる。

だが、親戚でもない上に酒臭い男は、小さな女の子とっては、ただの「怖い人」である。

「いやだぁ」

腕の中で暴れる女の子を、男は御しきれず、結果的に〝子グマコーナー〟の柵の近くまでフラフラと寄っていってしまった。そうなると、すぐ下は緩衝帯としての深い堀だ。今にも女の子は柵を越えて落ちてしまいそうに見える。

「お父さん！　危ないですよ！」

男の妻と思われる女性が慌てた。警備員も駆けつけた。

ツアー向けに解説のボランティアをしていた奈良が、女の子を男から取り上げる。こちらは「晴子お姉ちゃんと仲よしのおじさん」とあって、女の子は大人しく腕に収まった。

それから、〝子グマコーナー〟から見上げている晴子に、中に入るように合図をした。彼女の姿があると、男が落ち着かない。

来園客はこの騒動に呆れたような視線を向けていた。可愛いホッキョクグマの赤ちゃんを見に来たはずなのに、酔客に遭遇するとは興ざめだ。

その光景を見ていた一は、誰よりも静かな怒りを心の中で燃やした。

彼は双子に危害を加えられるのを呪った。

男の態度はまた、〝母親〟である晴子への侮辱に思えた。

「出て行け」

北極圏の如き氷点下の声は、小さかったがよく通った。

暴れていた男は、冷や水を頭から掛けられたように黙った。その発言の主が、若造だと知り、頭に血が上りそうになったが、そのあまりに冷たく氷のような表情に、酔いが冷めていく。

気が付くと、男は一に完全に見下すような目で見られていた。生まれながらに人の上に立ってきた、滲み出る威圧感は圧倒的だった。

ホッキョクグマを前にした気楽な雰囲気の一しか知らない園児達は、その豹変っぷりにおののいた。

親が怒った時よりも怖い。怖すぎる。

こんなのプーじゃない。

「恥を知れ。目障りだ」

脱力した男は、大人しく警備員に連れて行かれた。

それを追いかけようとした妻と覚しき女性が、一に向き直った。夫のやったことは恥ずべきことだった。それでも、彼女には長年連れ添ってきた情があった。

「すみませんでした。普段はあんな人じゃないんです。今日はソラちゃんとウミちゃんに会えるって、張り切って……それで、バスの車内で飲み過ぎてしまって……」

妻に対しても、夫と同じような極寒の視線が向けられた。むしろあんな男を庇《かば》う姿に侮蔑の色が加わっていた。

「主人は本当にソラちゃんとウミちゃんが大好きなんです！　畑のリンゴの木にそれぞれ一本ずつソラちゃんの木、ウミちゃんの木と名付けて、そこになったリンゴは全部、あの子達にあげるんだって、今から張り切っているくらいです。旅行なんて面倒だ一人で行けって言うような人なのに、このツアーはソラちゃんとウミちゃんに会えるからぜひ参加したいって、自分からチラシを持ってきて自分で電話して予約したんです！　それで……それで毎日、指折り数えて楽しみにしていたのに……」

どうしてこんなことになったのだろう。双子に魅了された男の妻は泣いていた。あの気難しい夫が、毎日、双子の話をしてくる。切り抜きを几帳面に整理し、テレビ番組を録画することまで覚えた。

「あの飼育員さんのことも、若くて可愛いのに、立派な子だって、感心していたんです」

奈良は同情した。楽しみにするあまり、心の箍《たが》が緩んでしまったのだろう、と。

自分が一番に双子を愛しているという自負が、わざわざ遠くからやってきたという思いが、どこかで驕《おご》りに変わったのだ。自分は双子にとって特別な人間だから、特別に丁寧に扱われるのだと、彼は期待してしまった。それは何かを強く愛する人間の誰もが陥る可能性のある慢心でもあった。

何よりも大切なものに向けた暴挙に、酔いが冷めた男は後悔するだろう。妻は何も悪くないのに、周囲全てに頭を下げてまわっていた。事情を知った多くの人間は、彼女に同情した。

だが、一は違った。

「だからなんなのですか？」

早く出て行けとばかりの態度だった。二度と来るなとも言ったかもしれない。

彼は間違ってはいなかった。ただあまりに情がなかった。自分の意に添わない人間に優しくできないのだ。彼を優しいと感じるのは、自分達が彼と同じ方を向いている時だけなのだと奈良は感じた。

それも人を上から見ていて、同じ目線には立っていない――。

今日の水泳練習は散々だったと、晴子は着替えながら泣きそうになった。

いろいろ言われるのは慣れてきた。それでも続けば徹《こた》える。おまけに騒動を起こしたという男の妻の謝罪を伝え聞いて、さらに気落ちした。

遠くから楽しみにはるばる来てくれた人に飼育員としてあるまじき態度を取ってしまった。いくら焦っていてもすべき態度ではなかった。

自分の対応のせいで、このまま双子が嫌われたらどうしよう。

彼女が子グマコーナーの前に出ると園児達は帰った後だった。彼らにも嫌な目に遭わせてしまった。

明日、謝ろう。そして、必ず双子の成長を見せてあげるのだ。

晴子にできる恩返しは、それしかなかった。

「お願いよ、早く泳げるようになって」

ふんふんと楽しそうに遊ぶ双子を見て、ひたすら落ち込んでいると隣に人の気配を感じた。一だった。

「大丈夫ですか？　酷い人がいましたね」

「よく……たまにあることですから」

「よく？」

晴子はしまった、と思って言い直したのだが、一は見逃してくれなかった。

「よくあんな目に遭っているんですか？」

「いいえ。私が不甲斐ないので、そう思ってしまっているだけです。皆さん、応援してくれていますす」

もう一には甘えないと決めた晴子は、彼の追及から逃れた。これ以上、聞かないでほしい気持ちを前面に押し出した。

双子には会いに来ていても、こうやって晴子と話すのは久しぶりだった一は、残念に思った。別に甘えたっていいのに。自分はそんなことは気にしていなかった。

距離が縮まったかと思えば、離れていく。不意に晴子をそばに引き寄せたくなった自分の感情に動揺した一は、晴子が彼を突き放す以上の勢いで、立ち去ってしまった。

彼は気持ちを落ち着かせようと、カフェに戻り、自分のためにコーヒーを淹れた。

店内には、彼が撮った双子と晴子の写真が飾られていた。コーヒーを飲みながら、立ったままそれを見ていると、店長に話しかけられた。

「お客さんから聞いたんですが、何か騒動があったようですね。そうでなくても御前園さん、最近、大変みたいですし」

「――どんなふうに?」

店長に視線を合わさずに聞いた。そうしなかったら怒りがバレて、彼は善良な店長から、正しい情報を聞き出せなかっただろう。

一連の出来事に彼は苛立っていた。店長の話を聞いて、苛立ちは焦燥に変わる。

なんでも、もう少し様子を見てもよかったのに、動物園の目玉にするためにわざと双子達を母グマから早々に取り上げて、御前園さんに預けたんだと囁かれているとか、御前園さんの双子への対応に苦情が来ているとか、〝美人飼育員〟目当てで来て「どこが美人？」と罵声を浴びせていく人間がいたり、逆に付きまとっていく男がいたり……など、挙げればキリがなかった。

一は次の予定があるから、と話を遮った。

帰り際、彼は晴子の写っている写真を店内から外した。

それらは全て、彼のお気に入りだった。双子は〝母親〟と接していると嬉しそうに見えた。晴子も慈しみ深い笑顔が印象的で、見る人の心に残ると思っていた。どれだけの苦労と悲しみと喜びを得たのかを、みんなに分かってほしかったのに。

動物園の目玉にする、なんて理由でできるほどホッキョクグマの人工哺育は簡単なものではない。晴子は世間に認められ評価されるべき人間だ。その思いから一は筑紫と共に、カフェでも積極的に晴子を押し出していた。

それがこんなことになるなんて。彼にしては甘い見通しだった。自分がよいと思った物事や人を批判されるとは想像できなかったのだ。

思いあまった一は、その日に奈良のもとを訪れた。

二度目の訪問を受けた奈良は驚いた。奈良は一に思うところがあったが、一のほうは奈良を双子と晴子を受け入れた信頼すべき人だと認識していた。

雨宮家の御曹司には、生憎この手のことを相談できるような知り合いが他にいなかった。

奈良夫婦は、居間に雨宮家の御曹司を迎え入れた。

台所でお茶を淹れる妻に、こっそり夫は聞いた。

「私には失うものはもうないが雨宮家の不興を買えば、娘家族の仕事やお前の生活に支障が出やしないか？」

このまま雨宮家の御曹司に追従するか、それとも本気で向き合うか。他人の娘さんのことで、そこまでしていいものだろうか？

その日、一が見せた姿を妻に語った。敵と判断したら、情け容赦がない男だ、と。

晴子が幸せになるには、その点を直してほしいと思う。が――。

奈良の問いに妻は笑った。

「何を言うんですか。他人の娘さんどころか、晴子ちゃんなんかホッキョクグマの娘さん達のために全てを投げ出す覚悟なんですよ。それに雨宮さんを信じてあげましょう。晴子ちゃんには優しいでしょう。決して冷徹な性格ではありませんよ」

妻の後押しを受け、奈良は一の向かい側に座った。

「何のご用でしょうか？」

申し訳ありませんと、一は頭を下げてから用件を話し始めた。

今日のこと。それから、これまでのこと。自分はよかれと思ってしてきたことが、晴子に迷惑をかけていた戸惑い。

一の真面目な態度に、奈良の気持ちはやわらいだ。この若者は自分の好きなものには愛情深い。それに自分の非を認めることもできる。

「そうですね、私が偉そうに言うのもなんですが、これでも長年生きていた人間として失礼を承知で言わせてもらいましょう。あなたは少し独善的ですね」

「独善的？」

晴子に優しいと言われ、奈良には独善的と評された。一は自分のことなのに自分の性格を見失った。

「はい。そうです。よかれと思ったこと、好きなものには親切なのに、そうでないものには厳しい。人間、好き嫌いがあるのは当然ですが、あなたのような立場の方が、あからさまにそうでは困ります。それにあなたの親切は、相手の気持ちを無視しているところがあります」

奈良は自身の家のリフォームの話をした。

「そういうことをする時は、まず相手の立場に立って考えてください。人と同じ立場と視点に立って、同じように考えるのです」

一は混乱していた。自分は普通にしているのに。

「今日のことは、間違ってはいません。悪くもありません。ただ、あのように人を追いつめるような態度は控えた方がよいと思います。無駄に敵を作るのではなく、味方にするようにすべきです。世の中にはいろんな人がいます。私だって晴子ちゃんが嫌な目に遭っているのは許せませんが、他人を責めるのではなく、晴子ちゃんに寄り添って、励ましてあげてください。あなたにはそれができるはずです」

動物園に双子を残したはじめの三日のうち、二晩は雨宮一が晴子に寄り添ったのだ。

「そうですか……お言葉、ありがとうございます。私はまだまだ修行が足りないようです」

やや呆然としたまま、一は奈良家を辞した。


奈良は後悔した。

落ち込んだ雨宮家の御曹司に共鳴したように三日間、雨が降り続いたのだ。ゴールデンウイーク前の悪天候に飼育員達は空を眺めた。雨のおかげで動物園に客の姿はない。

晴子はこの機会を利用して、双子の水泳訓練をした。雨が降っていようとも、どうせ濡れるのだから同じことだ。

例の一件の後、多賀に指摘された。「力み過ぎだ」と。どうやら自分はまた、双子を想うあまり余裕をなくしてしまっていたらしい。反省した彼女は、深呼吸をして力を抜いた。

「ソラ！　ウミ！　一緒に泳ごう？」

雨の中、プールに入って二頭を呼ぶ。すると、大人しいウミがやってきてドボンと飛び込んだ。

「ウミ⁉」

一瞬、溺《おぼ》れたかと思った。しかし、ウミは見事な〝クマかき〟で晴子のもとにやってきた。

ウミがプールに入ったのでソラは戸惑ったようにウロウロした。可哀想だったが、晴子はこれ見よがしにウミを褒め、遊んだ。ウミと晴子の楽しそうな姿にソラは意を決して水に入った。

「ソラ！　頑張れ！」

必死にクマかきするソラに声をかける。

ソラも必死に晴子のもとに泳いできた。二頭を抱きしめて、晴子は泣いた。

これでもう大丈夫。彼女は空を見上げた。雨が降っている。それなのに、あの人はいなかった。

一番、喜んでくれる人が今日は来ていなかった。昨日もおとといも。雨が降っているのに、雨男がいないなんて。

こんなに嬉しい日なのに、晴子はたまらなく寂しくなった。

ゴールデンウイークは晴れて、坂上動物園は多くの客で賑《にぎ》わった。

一番人気はやはり子グマ達だった。ソラとウミはこれ見よがしにプールに飛び込んでみせる。まるで生まれた時から泳げましたよと言わんばかりで、晴子の苦労を知っている多賀は苦笑した。

当の〝母親〟は緊張感から解放されたせいか、ついに風邪を引き寝込んでいた。むしろこれまでよく病気にならなかったと感心する。四月に誕生日を迎え本人は「もう三十路だから」と言うが、若さ故であろう。

晴子は実家で至れり尽くせりの看病を受け、なんだか子どもに戻った気分で暖かい布団にくるまっていた。

「あったかいって素敵」

双子は好きだが、寒さはこりごりだ。春だと言うのに彼女はこれまでの分を取り戻すように布団と仲よしになった。

五日後、晴子が動物園に復帰すると、一は何事もなく姿を現した。しかし、晴子ではなく筑紫とばかり話している。

やっぱり男は若い子の方が好きなんだわ、といじけていた晴子に、一はやっと声をかけた。

「お願いがあるのですが」

双子が手を離れつつある晴子に、一はずっと考えていた〝仕事〟を提案した。それは、カフェ・ぶらんこぶらんかでの講演の依頼だった。

彼女に与えられたテーマはもちろん、『私が育てたホッキョクグマ』だ。

「双子の写真を見せておけば、みんな喜びますよ」と周りは言うが、それでは意味がない。

晴子が……坂上動物園が、カフェ・ぶらんこぶらんかと提携したのは、ホッキョクグマとその生息域の保護を訴えるためだ。

講演会準備のために、一と晴子はよく顔を合わせるようになっていった。

これまでもそうではあったが、今まではいつも双子が傍らにいた。でも、今では一頭抜きで会うようになっていた。もっとも話題は相変わらずホッキョクグマではあったが。

「もうすぐ梅雨ですね」

二人はホッキョクグマ以外の話題だと、未だお天気レベルのことしか話さない。そうでなければカフェに出すお菓子の話である。どちらにしても、色っぽい話題にはならない。そのくらいの距離感が晴子にはちょうどよかった。

ふっきったとはいえ、結婚の失敗は、彼女を恋に臆病にさせていた。しかも、雨宮一相手では、ますます無理だ。なのに困ったことに、二人でいるのが楽しい。

「御前園さんは梅雨はお嫌いですか？」

「雨だと作業が大変なので」

雨でも客が来なくても、動物達は関係なく、普段通りに生活しているのだ。

人間の都合で檻に閉じこめた以上、できるだけ快適に過ごしてもらうのが、飼育員の大事な仕事である。

「そうですか……」

「雨宮さんは梅雨、お好きなんですか？」

「ええ。梅雨はいいですね。毎日、降水確率が高くて、雨が降るのが普通でしょう？　雨が降っても梅雨前線のせいです」

笑ってはいけないと思ったが、晴子は耐えきれず吹き出してしまった。

「ごめんなさい！　雨宮さんには深刻な悩みなのに……」

笑われた一は、不愉快になってもおかしくなかったが、なぜかそんなに気にならず、笑う晴子を見つめた。

「本当にごめんなさい。それに雨宮さんは言うほど雨男じゃないですよ」

はじめの頃は雨ばかりだったが、その後は普通の天候だった。雨が降ることもあり、降らないこともあった。

「対策をしているので」

そういえば、そんなことを前にも言っていた。あれは双子が歩き始めた頃だ。今では四肢がしっかりとして、後ろ足で立ち上がることができるようになった二頭も、あの時はまだまだ覚束《おぼつか》ない足取りだった。お腹いっぱいにミルクを飲むと、その重さで歩けなくなるほどだったのだ。

にやにやしながら懐かしさに浸っていると、一も微笑んでいた。同じことを思い出していたのだ。

「た、対策ってなんですか？」

一の極上の笑みにドキドキした晴子は、そこから心を逸らすために話題を繋げた。

「いろいろありますが私の場合、縦縞の服を着ると降水確率が下がります」

「縦縞の服？」

「ストライプですね。水玉も効果がありますが、使えるところがネクタイくらいしかないので、ここぞという時はストライプのシャツにしています」

ストライプの王子様だ。

晴子は坂上保育園の園児達が名付けた彼の愛称を口にした。

「そうです。なので、できれば毎日は着たくないのです」

それでも晴子に『雨男』と言われたくない一は、律儀にストライプを着続けていた。いつもストライプと言われるのが嫌なので、元の言葉が分からなくなってしまった「プー」と呼ばれるのは歓迎だと語った。

カフェの内装にも、それで縦縞と水玉を入れ込んだという。おかげで、彼の雨男としての素質は影をひそめている。

「それで雨が降らなくなるのなら、学校行事の時に着ればよかったじゃないですか」

素朴な疑問が出た。対して答えは、至極、シンプルだった。

「学校には制服がありましたから」

「……学校、どこだったんですか？」

彼の口から、白いセーラー服が有名な、元お嬢様学校の名前が出てきた。今は共学なので、お坊ちゃまもいる。ずっと公立だった晴子が制服を着たのは、かろうじて中学だけだったので、思い至らなかったのだ。

「そうでしたか……そこの制服は可愛いから私も憧れていましたよ」

「冬服は生地が厚くて濡れると乾きにくいし、夏服は濡れると透けるので、あまり好きではありませんでした」

どこまでも雨が降ることを前提に判断しなくてはならない。

「いろいろ大変なんですね……」

「はい。高等部の時についに透けにくく、速乾性がある生地に変えることができました。生徒達には好評で生徒会長として私が行ったことの中で、もっとも意義あることでした」

「生徒会長だったなんて、すごいですね。さすが雨宮さん」

晴子には一が、誇らしげに見えた。

しかし、一自身は、その過去を口にして、疑心暗鬼に陥ってしまった。自分の都合で制服の生地を変えた。当時は、みんなは喜んでくれたように見え、嬉しかったが、もしかして、それは演技だったのかもしれない。本当はそんなこと、誰も望んではいなかったのかもしれない。自分は独善的だから——。

奈良に指摘されたことが、頭にこびりついて離れなかった。

黙り込んだ一に晴子は不安になった。自分はまた余計なことを言ってしまったのだろうか？

晴子が自分の言葉を思い返していると、突然、一が言った。

「ある人に独善的と言われました。御前園さんも、私に対してそう思われたことがありますか？」

真面目な顔で聞かれた。

「独善的？」

って、どういう意味だったかな？　普段あまり聞き慣れない単語に戸惑っていると、一はそれを肯定と受け取ってしまった。

「違います！　雨宮さんに独善的という言葉がしっくりこなくて。どうしてそんなこと思ったんですか？　あ、言われたんでしたっけ？　酷い人ですね」

まさか言った相手が奈良だとは思いもしない晴子は怒った。

「いいえ。その人は他の人が指摘できない私の欠点を敢えて教えてくれました。いい人だと思います」

晴子は自分に不利な意見を受け入れ、自省する人間を〝独善的〟とは言わないと思った。

「たとえばどんなことが独善的と？」

「――親切が押しつけがましいそうです。たとえばですね、相手が困っているだろうと思って手助けしたとしますよね？　それが相手には屈辱と受け取られるそうです」

奈良家のリフォームの話を晴子には知られたくなかったので、だいぶ、ボヤけた言い方になった。

「雨宮さんはお金持ちだから気にしないと思いますが、受け取る側がそうでないと何か裏があると疑ったり、施しと受け取ってしまうんですよ。それにもしホイホイ喜んだら、お金目当てだって軽蔑されそうだし」

「そういうものなんですね。もっと他人と同じ目線に立つべきと言われましたが、難しいですね」

類い稀《まれ》なる資産家の家に生まれた一人息子の悩みは深かった。

「仕方がないですよ。雨宮さんにはそれが普通なんですもの。受け取る側だって、少しは理解してもいいと思いますよ」

実際、奈良も一度は親切と受け取った。

「それは甘えでしょう」

どこまでも生真面目に一は言う。

なるほど、と晴子は思った。彼は真面目な性格をしている。それに優しい。

「雨宮さんの親切は押しつけがましいだけじゃありません。あの日、私を車に乗せてくれました。そして、暖房をつけてくれましたね。何も言わないで、黙って、温度を上げてくれた……。私はとても感謝しています」

「──御前園さんは、もう結婚なさる気はないのですか？」

あの日──結婚式の日の話題が出たので、一は聞いてしまった。

照れ隠しでもあった。批判されると悩むが、褒められたら褒められたで、気恥ずかしくなってしまう。しかし、その質問をしたのは失敗だった。

「今は考えたくないです。雨宮さんこそ……」

「私のことは気にしないでください」

自分と一はホッキョクグマか天気か、もしくはお菓子の話だけしていればよかったのだ。

晴子は後悔した。

結局その日は講演会の原稿の準備も進まず、気まずい空気で二人は別れた。

告 白

いい歳をした独身男女を差し置いて縁談が決まったのは、まだ一歳にも満たない双子だった。

現在、野生下のホッキョクグマは乱獲や地球温暖化による氷の減少、それに伴って、移動や獲物であるアザラシを狩ることが難しくなり、その頭数を減らしている。

そのため、『種の保存』を目指す動物園での繁殖がより強く求められるようになり、その方法が見直され始めた。

ホッキョクグマにも相性があり、たとえオス・メスのペアが揃っていても、相性がよくなければ繁殖行動に繋がらない。単性飼育という園もあった。

そこで適齢期の個体を飼育する園では情報を共有し、ホッキョクグマを貸し出すことで新しいペアを作り、現状を打開しようということになっていた。

繁殖を目的に所有権を持ちつつも他の園に貸し出す、あるいは借り受ける。この『ブリーディングローン』という仕組みによって、坂上動物園ではオスのホッキョクグマ・デルタを借り受けることができたのだ。一年目で出産を見たアルルとデルタの相性はよいと判断され、契約は延長された。そして、将来的な繁殖を目指したソラとウミの他園への貸与も決定した。

いずれ来ることと覚悟していたとはいえ、晴子は落ち込んだ。

二頭は別々の動物園から引き合いがきていた。ソラはデルタが元いた九州の動物園へ。ウミは、新たなメスのホッキョクグマと交換で北海道へ。

ブリーディンググローンでは、異なる園同士のペアの間に生まれた子の所有権は、事前の取り決めによって定められている。アルルとデルタの場合、第一子はデルタに付属するとされた。だが、アルルの育児放棄により、坂上動物園では昨年に引き続き今年もアルルとデルタで繁殖を試みることになったため、デルタを所有する動物園は、契約の再検討を申し出た。そして、第一子であるソラへの権利を手放し、今回、もしくは次回以降の繁殖で生まれる子をデルタに付属するとする内容で契約を結び直した。つまりソラとウミは、揃って坂上動物園が所有するホッキョクグマになったのだ。この契約は、晴子の手によって育てられた双子を、書類の上だけでも引き離さないで済むようにとの相手側の配慮だった。とはいえ、離れればなれに変わりはない。

二頭一緒に同じ動物園に嫁入りできればよかったのに。

そうできない現状も含めて、晴子はカフェで講演をした。双子の嫁入り先に関しては、公表前なので言えなかったが、思いの込められた内容は、万雷の拍手で締めくくられた。

「ソラとウミのおかげよ。ありがとう」

講演後、早速、晴子は二頭にお礼を言った。

双子はそんな〝母親〟の気持ちも知らず、元気よく、子グマコーナーに出て行った。

「デルタ、あなたには来年、もう一頭、お嫁さんがくるのよ」

繁殖期が終わったので二頭の同居は解消された。再び大放飼場は再び交代制になった。

午前はデルタの番だったので、大放飼場への扉を開ける。投入されたおもちゃを見つけると、デルタは飛びついた。早速、プールに放り投げ、それを追ってダイブする。

ホッキョクグマのおもちゃは専用というものもあったが、多くは市販のポリタンクやガス管、タイヤなどのお馴染みのもので、個体によって好みがちがう。デルタは一つのおもちゃを飽きるまで、長く使うタイプだった。今のお気に入りはカラーコーンのようだ。これはウミもそうで、現在のお気に入りである湯たんぽを確保して、かじったり、潰したりして遊んでいる。それを子グマコーナーにある隙間に入れるのも楽しいらしいが、取れなくなってしまい、自分で入れたのに「ぎゃあぎゃあ」と怒ったり、掻き出そうと隙間に前足を突っ込んで、ますます奥に押しやってしまい、困惑している姿もよく見られた。

一方、ソラはアルルに似て、新しいおもちゃが好きらしい。朝に子グマコーナーの隅々を探検すると、投入されるおもちゃをことごとく試し、次々と目移りしては遊んだ。

掃除の時に、それを拾って歩く飼育員達は大変だった。ホッキョクグマの高い身体能力では悠々と移動できるように見える放飼場も、人間にとってはなかなかの起伏なのだ。しかし、牙で開けられた穴や、ひっかき傷、ぼこぼこに潰されたおもちゃの数々は、彼らが元気で楽しんでいた証だった。

ソラはたくさんのおもちゃに飽き足らず、ウミのおもちゃにも手を出していた。ウミが仕方がなく別のおもちゃで遊べば、またそれを奪う。おもちゃで遊びたい、というよりも、ウミと遊びたいらしい。二頭はすっかり泳ぎを覚え、陸上、水中問わず、じゃれ合った。

そして、双子はいつも寄り沿って、昼寝をする。

それを見て、晴子は微笑ましくも、この二頭が引き離される日のことを思った。

「北海道と九州か――」

翌日の午後も平日にも関わらずたくさんの客が、彼女の可愛い双子を見に来ていた。雨宮一もいたし、園児達も来ていた。

「プー！　また、仕事サボってるのか？　今度の水曜日いるか？　父さんがお前に会いたいって！」

「遠足なの！　うちはママが来るのよ！　ママもプージ様に会いたいって！」

晴子は保育士の顔を見やった。

苦笑している。子ども達がよく会うという昼間っからブラブラしている若い男が、しかも愛称プーが、どんな人間か親達はそれが心配なのだろう。

そんな親心に全く気がつかない一は、「なら、カフェの方で、何か用意しましょう」と言ってから顔をしかめた。

「独善的かな？」

こっそり晴子に確かめにくる。

「店長さんと相談してみたらどうですか？　それから園長……保育園の園長先生にも。写生会の時にもこの子達を招待しましたし、賛同してもらえると思いますよ」

「ありがとう」

「いえ、私は……えっ!?」

一の綺麗な顔と涼やかな声に頬を染めた晴子の顔が一気に青ざめた。

「隼人《はやと》!?」

誰?と一は晴子の視線を追った。

そこには体格がよく、温厚そうな男が立っていた。自分が誰か晴子が気づいたことに、嬉しそうに笑った。

「やあ、晴子。久しぶり。元気だった？　晴子の活躍、テレビで見たよ。頑張ったなあ」

「なんでここに？」

「晴子に会いたくなって」

「え？」

「なーんてな。研修旅行で来たんだよ。よかったらうちのグループに話を聞かせてくれないかな？　みんなホッキョクグマの子どもに興味津々でさ」

「うん……あ、はい！　今、行きますね。雨宮さん、失礼します」

晴子は突然現れた男について行ってしまった。

「誰だよ、あいつ！　プー、知ってるか！」

ショウが真っ赤な顔をして、一の足下で責めるように言った。

「知らない」

「晴子に馴れ馴れしいぞ！　ムカつく！」

志波も来た。

「誰ですか？　あの人！」

「さあ、知らない」

一は二人の顔を見た。それから、晴子が去っていった方向を見る。

嫌いなタイプだ。かつて好きだった少女を彼から奪った男に似ていた。

＊

晴子は勤務後、隼人と居酒屋で合流した。近況を語り合おうという趣旨だったが、晴子の方は、テレビ等で知れ渡っていたので主に隼人が話した。実家の北海道の牧場のこと、そこで生まれた子馬のこと。

「あのウミちゃん、こっちに来るんだって？」

一通り話し終わった後、まだ世間に公表していない双子の移動話をされた晴子は驚いた。

「どうして、そのことを知っているの？」

「友達が勤めてるんだ。そこの動物園に。それで晴子の事を前に話していたこともあって、教えてくれた」

「そう……」

酒の肴《さかな》のホッケの身をほぐす。ウミもホッケが好きだ。そのことを、その友達に伝えないと。

「——その動物園はホッキョクグマの繁殖実績が高くて有名だろう？　ウミちゃんも来るし、うちからも近い……晴子の経験があれば、採用してくれるんじゃないかな？」

「え？」

「だからさ……もう一回、考えてみてくれないか？　あの話。俺、まだ晴子のこと忘れていない」

　この柏木《かしわぎ》隼人こそ、かつて晴子にプロポーズした男だった。

　晴子が動物園に就職してアルルを受け持った頃、隼人は実家の牧場を継ぐために北海道に帰ることになった。ついてきてほしい、と言われた。悩んだ末、晴子は断った。ようやく夢が叶って動物園に就職して、ホッキョクグマを担当させてもらった時期だ。アルルを世話し、その繁殖を成功させると誓ったばかりだった。それらを捨てて、見知らぬ土地には行けなかった。

　彼女もまた若かったのだ。過去、ほぼ途切れることなく恋人がいた。すぐに次の恋も見つかると思っていたのだ。

　しかし、今は違う。恋人もいないし次の恋も見つかりそうにない。もし隼人のプロポーズに応え北海道に嫁いだら、動物園に再就職できなかったとしても、少なくともウミの近くにいられる。隼人の家はウマを育てている牧場だった。動物とも触れ合える。そして、そろそろ後がない三十路だった。

「嫌いで別れた訳じゃないの。隼人とは気心が知れているし、結婚したら幸せになれるはずよね？　ねえ？」

次の日、晴子は、勤務後に太宰と居酒屋で合流した。自分一人では受け止めきれないので、相談に乗ってもらおうとしたのだ。

それなのに、太宰はよりにもよって、雨宮一を連れてきた。「帰り際に会っちゃって」と弁明されたが、何か思惑があるのは間違いなかった。

だが、晴子もそれを利用した。正直、一のことは気になる。そのせいで、隼人の申し出に応えるのを躊躇してしまった。

それではいけない。彼にこだわっていたら、絶対に幸せな結婚なんてできないのだから。

そこで、彼女は気にせず隼人との事を話した。

「ずっと好きでいてくれたのよ？　結婚するのに何の問題があるのよ！　むしろ、こっちからお願いすべきでしょう？」

すでに晴子はビールにハイボールを立て続けに飲み、かなり酔っていた。

一は黙々と飲み、太宰は呆れていた。

「私だってね、これでも昔はモテてたのよ！　小学校の頃にはもう、彼氏がいたんだから！」

昔の勲章を持ち出して、見せびらかした。

「格好よかった子なのよ。同じ生き物係でね……」

「生き物係だったんですね」

晴子の男性遍歴は聞きたいと思わなかったが、その過去は知りたい──は、やっと声を出した。

「そうよ！　生き物係だったの！　知ってる？　ウサギに餌をやったり、メダカに餌をやったりする係のことよ。夏休みにも二人で学校に通って、ウサギ小屋の前でキスしたの」

現在の晴子からは想像がつかない恋バナに太宰は驚いた。それも、晴子自身は気づいていないが、期待が持てそうな男の前で言うか？

完全に酔っている。

「雨宮さんの学校には、そんな係はなかったでしょう？　お金持ち学校ですものね、なんでもやってくれる用務員さんがいたんでしょう？」

住む世界が違うのだ。晴子は本人に肯定してほしくて、意地悪な質問をした。

「生き物係もいましたよ。同じようにウサギとニワトリを飼っていました。ちなみに、私は小学生の頃は保健衛生係でした。ご存知でしょうか？　毎朝、クラスメートがハンカチとティッシュを持っているか、爪が綺麗に切られているかを確認する係でした」

「ああ、どうりで……」

彼はいつも綺麗なハンカチを持ち、ティッシュを持ち、爪を手入れしていた。小学生の頃からの習慣なのだ。

「真面目なんですね、雨宮さんって」

　酔ってフニャッとした顔で晴子は一を見た。

「そうですか？」

　また、自分の知らない性格を晴子に指摘された。

「そうですよ、とーっても真面目！　雨宮さんは真面目で素敵で、おまけにお金持ちなのに、どうして結婚しないんですか？　私より子どもの頃からモテモテだったんでしょう？」

「御前園、それくらいでやめときなさい！」

「なんでよ！　私は知りたいの！　ずっと知りたかったの！　なんで雨宮さんほどの人に恋人がいないのか？　それとも愛人がいっぱいいるとか？」

　やけになった酔っぱらい女の質問に一は真剣に答えようとした。

　晴子の思った通り、彼は真面目な性格だった。そして、その答えもそれを裏づけるものだった。

「確かに、私には言い寄ってくる女性がたくさんいました」

　雨宮家の御曹司は事実を述べた。他の男が聞いたら、舌打ちしそうな話だったが、真実であり、なおかつ、彼の立場と顔で言われたら、受け入れるしかない。

　二人のハルコは、もっともだと頷いた。

「高校生くらいの時は、打算で近づいてくる女性達を本当に嫌だと思っていました。性には興味があっても、同じくらい潔癖な年頃でしたので、誘惑されそうになる自分にも嫌悪感を持っていました。それで、純粋に自分を慕ってくれる相手と付き合うことにしました」

ところが——と、雨宮家の御曹司は暗い顔をした。

熱烈に愛してくれる恋人に同じ気持ちを返せないことに気がついたのだ。嫌いではないが、好きだとも思えない。

「相手に申し訳なくて、付き合えなくなっては、別れてばかりいました。本当に私のことを慕ってくれた女の子ばかりだったので、別れる時の嘆きようを見るのが心苦しかったものです」

それで今度は、打算で近づいてくる女性と付き合うようになった。彼女達は愛は求めない。雨宮家の御曹司の恋人という地位だけで、十分、満足してくれるし、うるさいことは言わなかった。

「今度は物足りなくなりました。自分自身を好きになってほしいという欲求が生まれ、結局、そのような女性ともうまくやっていけないことが分かりました」

そこに——とまで言って、一は黙った。

「あの……言いたくないのならこれ以上は……」

酔いが冷めるような話に、晴子も一を制したが、彼もまた静かに酔っていた。一旦話し出したら何もかも吐き出してしまいたい気持ちだった。

太宰はテーブルに大体見当をつけた代金を置くと、そっと席を立った。一の話は興味深いが、だからこそ、これ以上、自分には聞く権利がない。これは晴子と一の間で、語られるべき話だった。

「ある日、一人の少女に会いました。とても可愛らしい女の子です。そして、私には見向きもせずに、一人の男を愛していました。私はどうしても彼女が欲しくなりました。これまでにも、自分に興味がないふりをして近づいてくる女性はいましたけれども、演技である以上、いつかは馬脚が現れます。でも、彼女は徹頭徹尾、私に一切の興味を持ちませんでした。私はムキになったのかもしれません。もし、彼女が私を好きになってくれれば、自分はついに、相思相愛の恋人を手に入れられるのだと」

一の本気の恋の話に、晴子は気分が悪くなっていた。

こんな話、聞きたくない……。

「けれども、分かったんです」

何が面白いのか、一は笑った。

「私に本当に興味がない女の子は、どこまで行っても振り向いてなどくれない。発展のしようがありません。彼女はずっと好きだった男のもとへ、無事に嫁いで行きました」

「雨宮さんは今でもその人のことが……？」

それ以上、晴子は聞けなかった。

が、一は答えた。

「いいえ。周りでは今だに私がその子のことを好きだと思っていますし、私も一度も自分のものになったことがないくせに〝盗られた〟と、相手の男を恨んでもいます。その男は、人間としてもよくできた人物で、その子のことがなくても苦手でした。あの少女に関しては、決して嫌いになった訳ではありませんが、愛とか恋をする対象ではなくなりました」

実はですね――。

一の顔が晴子に近づいた。思わず背けたために、彼の方に向いた耳に囁かれた。

「やがてその子の出産祝いに病院に行ったら……」

「行ったら?」

晴子はほんの僅かに、一の方を向く。これ以上は、唇が触れそうになる。

「……ふっくらしていました」

「…………」

同じ女性として、晴子はなんと答えていいのか分からなかった。

「とてもふくよかな体型になっていたんです」

決して、笑いものにするような口調ではなかった。彼は真面目に見たままを述べていた。

「けれども、幸せそうでした。夫である男も、その子を変わらずに慈しんでいました。でも、自分には無理だな、と思ったんです。そこで気がつきました。私は彼女を心から愛していなかったのだと。結局は、自分に興味がない女の子に初めて会った物珍しさで、執着していただけなんだと。もし本当に好きなら、多少の体重の増減は許せるはずです。彼女はその後また、細身に戻りました。けれども、私はもう以前のようにその子を崇拝することはできなくなりました。ただ、言い寄ってくる女性への牽制には便利なので、つい、利用してしまいます」

「何しろ彼女は、素敵な女性ですから」と、一は告白を締めくくった。

聞いているうちに晴子は、ホッキョクグマの赤ちゃんを育てていた時のように意識が朦朧としてきた。おまけに気持ちが悪い。

「お水をどうぞ」

一がコップを差し出してくれる。

「雨宮さんは真面目すぎますよ。もう少し適当に女の子と付き合えばいいのに……」

彼女が覚えているのはそこまでだった。


朝、目が覚めると、晴子は自分がどこにいるか理解できなかった。

起きたばかりで頭が働かない。おまけにいつもの通り手を伸ばしても、眼鏡に辿りつかなかった。

実家に帰っていたのだった……。思い直して、反対側を探る。

ない。眼鏡どころか、どこまで行ってもベッドの端がない。両手を広げても余りあった。

試しに白くて柔らかいシーツの上を左右に転げ回る。気持ちのよい純白の肌触りは、冷たくない雪のようだ。

なんだか、ソラとウミになったような気分になる。楽しくなって、しばらくゴロゴロしていると大きさが把握できてきた。端の方に寄ってみると、サイドテーブルらしきものの上に眼鏡があった。晴子はようやく眼鏡をかけたが、状況は変わらなかった。

「ここ、どこ？」

ものすごく立派なホテルのような部屋だ。ベッドは大人が五人くらい寝られそうに広いし、天蓋がついていた。その他、調度品全てが高そうだ。

もっとよく見ようと起き上がると、強烈な頭痛がした。頭がガンガンする。これは二日酔いだ。

「……!!　嘘！」

昨日の夜の事を思い出して、晴子は一気に覚醒した。酔っぱらって意識をなくした朝、知らないベッドに寝ている。それが指し示す事実は、女性として深刻な事態だった。

服を確かめると、すべすべのシルクのパジャマを着ている。昨夜、着ていた服はない。ベッドは乱れていたがそれは今、自分がホッキョクグマ気分で散々、遊んで移動したせいだ。

他に誰も寝ていない。目視でも、晴子以外の人影はなかったし、いた気配もなかった。どうやら一人で爆睡していたらしい。

「やってしまった」

最後に一緒にいた人間を考えると、ここは雨宮一が連れてきた場所なのだろう。

痛む頭を抱えて窓の外を見ると、緑豊かな庭が広がっていた。

「分かったわ……」

ここがホテルではないということが。

ここはおそらく雨宮邸だ。お金持ちだとは知っていたが、そこそこのお嬢様である晴子にも想像がつかないレベルなのも分かった。

広い庭に犬が気持ちよさそうに走っている。こんな時なのに晴子の動物好きの心が疼《うず》く。なんて立派で可愛い犬なの！　触りたい！

パジャマのままで外に出るのを躊躇《ちゅうちょ》した。しかし、自分の服もなかった。

周りを見ると、壁に紐が下がっている。ものは試しと引っ張ってみると、十数える間もなく扉が開いた。

「おはようございます」

十九世紀のイギリス貴族の館にいるような、黒いドレスに白いエプロンと白いキャップ姿のメイドが立っていた。萌えるような若い女の子ではなく、厳しそうな顔の年輩の女性だった。

「おはよう……ございます。すみません、ここ、どこですか？」

念のため、聞いてみると、想像通りの答えが返ってきた。

「雨宮家の本邸でございます。お嬢様。ご気分はいかがですか？」

自分の息が酒臭いのが気になる。御曹司が連れてきた三十路の酔っぱらい女を、この女性はどう思っているのだろうか。

本邸と、数多《あまた》ある別邸の中から、特に選抜され勤めている誇り高いメイドは、顔色ひとつ変えなかった。

「ご気分が優れないようでしたら、お医者様をお呼びしましょうか？」

「いえ！　大丈夫です！」

頭が痛くて気持ちが悪いが、医者までは必要ない。

「そうですか。では朝食をご用意致しますので、お支度を……」

「お、お支度⁉」

「失礼いたします」

メイドは一礼すると、さらに仲間を呼んだ。若いメイドが二人、晴子をバスルームに連れていく。途中で、晴子がホッキョクグマ気分で転げ回っていたベッドの乱れが、二人のメイドの目に留まった。何をしたのかしら？と、眉をひそめられた。

三十路になって、そんな子どもっぽいことをして遊んでしまったことが、今更ながら恥ずかしくなった。

その羞恥の表情は、二人のメイドに誤解をさせた。最初に現れた年嵩《としかさ》のメイドは晴子が一人で寝ていたのを知っていたが、彼女達は朝に出勤してきたので、その辺りの事情を知らなかったのだ。

普段の晴子なら『風呂場』と呼ぶそこは、ここでは『バスルーム』としか言いようがない場所だった。広い床の真ん中に、陶器のバスタブが置かれている。

パジャマを脱がされそうになって、慌ててとめた。

「自分で！　できますから！」

いくらなんでも無理！

二人のメイドは、黙って一礼した。彼女達も、断られると踏んでいた。建物は十九世紀の館のようでも、そこで働いている女の子達は、家に帰れば、普通の感覚を持つ現代っ子なのだ。


先ほど、あれほど子どもっぽいことはやめようと恥じたくせに、晴子は泡だらけのお風呂に思わず鼻歌が出ていた。

我に返り、バスタブから上がり、眼鏡をかけると、パジャマはなくなっており、代わりにバスローブとワンピースが置かれていた。

下着は？　こういう場合、どうするのだろうか？

バスローブを羽織った晴子は疑問に思った。どんなサイズの女性が来ても対応できるように準備しているのだろうか？

すると最初に入ってきたメイドが、バスルームのドアを開けた。

「もうお上がりでしたか。遅くなりまして、申し訳ございません」

そう言って彼女は、晴子が脱いだ下着を持ってきた。きちんと洗濯され、乾いている。

再び晴子は赤面した。お風呂で遊んでいるうちに回収され、手洗いをし、アイロンをかけて乾かしたらしい。ブラジャーは昨日の夜の段階で外されていた。

「あの、聞いてもいいですか?」

「なんでしょうか?」

「昨日、私の服を着替えさせてくださったのは……」

「私《わたくし》です」

心の底からホッとした。

「ありがとうございました。ご迷惑をおかけして、申し訳ありません。できれば昨日、着ていた服を……」

用意されていたワンピースは高そうだったので、晴子は断りたかった。そうすると、いよいよ着る服がなくなる。

パジャマの方が、まだ、バスローブよりマシだ。

「あの服は廃棄しました」

「廃棄!? えっ、捨てたってことですか?」

勝手に!?

驚いた彼女に、有能なメイドは冷静に言った。

「吐瀉物で汚れていましたので」

「としゃ……」

つまり吐いたのだ。

「ご、ごめんなさーい」

それ以上、晴子は彼女に逆らえなくなった。

大人しくワンピースを着て、髪を乾かしてもらった。化粧もされた。好きな色味や、系統を尋ねられたが、全てお任せした。

外された眼鏡を再び掛けてもらった時、晴子は結婚式の日の自分を思い出した。

詐欺だ。

花嫁メイクほど派手ではない。かなりのナチュラルメイクだ。しかし、使っているファンデーションがいいのか、肌の質感が劇的に若々しい。メイク前に丹念に施されたマッサージのおかげかもしれない。あれだけ飲んで起きたわりに、むくみもなかった。

「お食事は如何なさいますか？　和食か洋食か……」

「あ、あの！」

「はい。なんでしょうか？」

「一回、外に出てもいいですか？」

窓の外で、犬が鳴く声がした。あの子と戯れて、一旦、落ち着きたかった。

「そうですね。今日は天気がよいので、外で召し上がるのもよろしいでしょう。運ばせましょう」

「いえ……食欲がないので、ご飯は遠慮します」

「そうですか」と、やや不満そうなメイドに、庭へのルートを教えてもらった晴了は、ワンピースの裾を翻して階下に向かった。

庭というよりも、ほぼ公園のような広さの緑地帯に出ると犬が走っていた。惚れ惚れとするような毛並みの中型犬が晴子に気づく。番犬のようで、知らない人間を警戒している。

「おはよう」

言ってから、だいぶ日が高いことに気がついた。もうお昼近いのかもしれない。

「えーっと、こんにちは。怪しい者じゃないの。ちょっとだけ、あなたの素敵な毛皮を撫《な》でさせてほしいなあって」

彼女が犬と交渉していると、後ろから声がした。

「ハナ、触らせてあげなさい」

「わん!」と一声鳴くと、犬は晴子に寄ってきた。

「まあ! あなたハナっていうの? とっても賢い子ね」

ハナは最初、義務的に触らせていたが、そうなれば動物の扱いに長けている彼女のテクニックがいかんなく発揮される。次第に陶然と身を任せる犬を見て、後ろで見ていた人影が感心したように言った。

「やあ、お嬢さん。犬の扱いが上手ですね。ハナがこんなふうになるのは、この家の婿くらいですよ」

人がよさそうだが、地味な中年男だった。晴子が庭に降りてきたときからいたにもかかわらず、声を出さなければ気がつかないくらい、存在感が薄い。

「ハナの飼い主さんですか？」

「ええ。私が面倒を見ています」

その言い方に晴子は、この人は雨宮邸の使用人で犬を担当しているのだと思った。ハナは彼に懐いていた。

「そうなんですね。珍しい犬種ですね」

「いえいえ、雑種です」

ニコニコと男は言った。

「しかし、クマと戦って勝ったこともある優秀な狩猟犬の血を引く、素晴らしい犬なんですよ」

「クマと!?」

「わん！」

誇らしそうにハナが鳴いた。

「本来なら野山を駆け巡るような犬なんですがね、こんなところに連れて来られて、窮屈でしょう」

「そうかもしれませんが、この家だってかなり広いと思いますよ。私もこんな家に住みたいですもの」

「そうですか？」

「はい！　ここだったら、いくら犬を拾ってきても怒られなさそう。おじさんみたいに犬

ビーを貸してくれた。

晴子としては褒めたつもりだった。おじさんと呼ばれた男も嬉しそうで、彼女にフリスビーを貸してくれた。

それを投げて遊んでいると、メイドと知らない男性が、ワゴンを押して現れた。若い男達がテーブルとソファを運び、テーブルクロスを掛け、食器を並べる。

晴子は遠くからハナの首に手を回し、怯えたようにそれを見た。

「何が始まるの?」

「くうん」

賢い犬は、晴子に何事かを伝えたがったが、生憎、彼女は犬語を習得していなかった。

準備が整うと、犬好きなおじさんがやってきた。ハナが晴子の手から抜け出て、男の足にすり寄る。

「お嬢さん。お茶の支度ができたようですよ。あちらでご一緒しましょう」

そこで晴子は「へっ?」と戸惑った。

誘われてテーブルの所に行くと、その場で一番偉そうで立派な風体の男性が、犬好きのおじさんに、頭を下げた。

「えええ?」と、彼女はさらに混乱した。

犬好きのおじさんがテーブルに向かうと、立派な身なりの男性が椅子を引いた。おじさんはそれに当たり前のように座った。

「どうぞお嬢さん。息子ではなく、私のようなおじさんで申し訳ないですが」

晴子は助けを求める子どもの気分で、年嵩のメイドに視線を向けた。彼女は椅子を引いて座るように促した。その通りにすると耳元で囁いて教えてくれた。

「雨宮家のご当主、一成さまでいらっしゃいます」

つまり目の前で、燕尾服を着た人間に紅茶の種類を言い渡しているポロシャツにスラックス姿のラフなおじさんこそ、この家で一番偉い人間だった。

晴子は軽く目眩《めま》いがした。

息子が夜中に連れてきた酔っ払い（しかも吐いた）女に使用人扱いされた挙げ句、「この家いいですね」などと、取りようによっては、「この家の息子を狙っています」と受け取られる発言をしてしまった。

最悪だ。

庭に仕立てられたお茶の席で、二日酔いの晴子には、それによく効くという食材で作られたスムージーが提供されていた。飲みながら、彼女は雨宮家の当主の顔を見た。

それにしたって、似ていない親子だった。

あの凍える美貌の息子に比べ、父親の方は麗らかな春のよう……と言えば聞こえがいいが、薄い顔立ちだ。目を閉じると、どんな顔だったか思い出せなくなる。

「似ていないでしょう」

ずばり、と言われた。

雨宮一成は無能ではなかった。自分に対する世間の評価など熟知していた。凡庸。息子と比べ、存在感が薄い。

「す……」

すみません、と言おうとして晴子は止めた。謝るのもおかしな話だ。

「妻が素晴らしく美人なのです。本来なら、私のような男のもとに嫁いでくるような女性ではありません。古今東西、金持ちの役得ですな」

一成は、あっははは……と楽しそうに笑った。

雨宮夫婦は、政略結婚だったが、仲はよかった。ほぼ恋愛結婚だった。娘も恋愛結婚で嫁がせた。次は息子の番であるが、一人の少女に逃げられた時から、まったく意気地がなくなってしまった。

一成は歯がゆくて仕方がなかった。そこに晴子が飛び込んできたのだ。父親としてみれば気になる。

だが、こう言ってはなんだが、晴子は三十路の愛嬌はあるものの、取り立てて美人でもない女性だった。妻を筆頭に、美しい顔立ちに囲まれて生きてきた一成は、美に対するハードルが高かった。一方で、自分の薄い顔立ちも自覚しているので、晴子に対して親近感もあった。

「ところで、ホッキョクグマの人工哺育に携わったとか？」

「わん！」

『クマ』という単語にハナは反応した。立ち上がって周囲を見回す。今にも駆け出しそうだ。

ちょっと！　うちの可愛い双子を狩ろうなんて、百年早いわよ！

思わず晴子はハナを睨んだ。

猛獣班にして、〝母親〟である彼女の視線にクマと戦った遺伝子も怯《ひる》んだ。

「きゅうん……」

ハナは地面に臥《ふ》した。

しまった。犬相手に、ガンを飛ばしてしまった。メイドが、怖気づいていた。

「あっはははは」

雨宮家の当主だけは、面白そうに笑う。

「子グマを連れた母グマには手出しは厳禁だぞ、ハナ」

「くぅん」

「すみません」

「いやいや」

しばらく、ソラとウミの話になった。カフェ・ぶらんこぶらんかでの取り組みは、小野寺家と雨宮家の共同出資なので、一成にも関係があった。

「素晴らしいことを成し遂げましたね」

「ありがとうございます。ですが、まだ終わった訳ではありません。あの子達が母親になって、その子がまた、親になるまでは」

「なるほど」

雨宮家の当主は感心したように頷き、さらに双子の話をするように求めた。

似ていない親子だったが、ふわふわな生き物が好きなところは、そっくりのようだ。

*

「ここじゃないのか」

その頃、二日酔いの頭を抱えた一が客室を覗くと、使った形跡がなかった。

次々と部屋を開けていき、五部屋目で、腹が立った。今まで気にも留めていなかったが、こんなに空気ばかりの部屋、ホテルだったら大赤字だ。それなのに全てに掃除が行き届いているなんて、無駄すぎる！

「わん！」

一の怒りに反応して、ヤマが鳴いた。

「そこの君、昨晩、お泊まりになった女性はどの部屋に？」

廊下を歩いていた使用人に聞いても、首を捻られた。

しかしその人間は、それだけではなく持っていた無線で各所に連絡を取り、「昨晩、お越しの御前園様は、現在お庭でご当主様とお茶とのことです」と居場所を突き止めた。

「ありがとう」

早速、行こうと踵を返した一は思い立って、もう一度、使用人に聞いた。

「庭って、どの庭のこと!?　そして、どの辺りに？」

またもや無線連絡が雨宮邸を飛び交い、「東の庭の芝の広場でございます」という返答を受けた。今度こそ、一は晴子のいる場所へと足を進めた。

そこで彼を待っていたのは「一、私が外で茶をしている時は近くに寄るなと言っただろう」という理不尽な父親だった。

「ほら見ろ、曇ってきたぞ」

「――父上だって、相当な雨男じゃないですか。私だけのせいではありません！」

「だから二人揃うと、確実に降ると言っているだろう！　それに私は、『相当』のではない。雨宮家の人間なのに、こんな凡庸な顔に生まれてきた挙句、お前と同じレベルで雨降りの呪いがかけられていたら、不公平だ！」

すでに使用人達がテーブルの上を片付け始めていた。

晴子は挨拶もそこそこに、室内に誘導された。

「お父様も雨男なんですか？」

「お父様もどころか母以外は全員ですよ。妹も、祖父も……うちは呪われているんです」

「わん！」

ハナが名残惜しそうに、晴子に向かって吠えた。

「あの、ハナは？」

「あの子は、家の中には入りません」

「わん！」

するともう一頭の犬が、誇らしげに鳴いた。ハナとそっくりなので、兄弟犬だと分かった。

「この子は？」

「ヤマはいいんです」

「わん！」

尻尾をぶんぶん振っている犬と、ガラスの外でうなだれている犬。晴子は、なんとも言えない気持ちで外を見た。

「ヤマは小さい頃から病弱で、ずっと室内で飼っているんです」

「おかげで一が甘やかして困っている。我が物顔でこの家を闊歩しているぞ。自分が主人だと思っているようだ。……ああ、ハナを犬小屋へ。雨が降るからな」

一成は〝本物〟の犬担当の使用人に連絡するよう、使用人に命じた。

やがて本当に雨が降ってきた。

「御前園さん、すみません」

「――！　こちらこそ、昨晩はご迷惑をおかけしまして。その……は……」

「は？」

「お支払いは……」

吐いてごめんなさい、と晴子は言えなかった。この美しい顔をした男を前に、「吐く」という単語を口にできない。

もしかしたら、目の前で吐いたかもしれない。百年の恋も醒めそうな大失態だ。恋もしていない相手にやられたら嫌悪感しか湧かないだろう。

「ごちそうしますよ。それくらいは……普通……ですよね？」

「男なら女性の飲食代をもつものだ」

父親の後押しを受け、息子はホッとしたように微笑んだ。

その優しい表情に、今度は晴子が後押しを受け、嘔吐したことについて言及しようとした。が、扉が開いて美しい女性が入ってきたので、言葉を飲み込んだ。

「あなた、雨が降ってきましたわ。また一が何かしたの？」

「――違いますよ。父上が外でお茶なんかしようとしたからですよ」

「お前が来たからだろうが」

女性は一の母親だとすぐに分かる顔だった。若くして雨宮家に嫁いできた彼女は孫がいても、まだまだ若々しい美貌だった。

晴子が驚嘆していると、ついっと視線を向けられた。

「あ、あの、初めまして、御前園晴子と申します。お邪魔しています」

改めて一成にも頭を下げる。

「あら！　噂のホッキョクグマのお母さんね！　ちょうどよかった。どうせ雨が降ってお外に出られないでしょう？　ご一緒に美顔マッサージでもいかが？　今日はほうれい線によく効く話題の方法を施術してくださる方をお呼びしたの……あなたもそろそろ必要よ」

有無を言わせぬ迫力は、晴子のそれとは違ったが、効力は同じくらい、もしくはそれ以上あった。

「家に帰ります」とは、とても言えなかった。メイドも晴子に無言の圧力をかけた。迷惑をかけた挙句、逃げ出すつもりかと言われた気がする。

「さあ行きましょう、御前園さん！」

一は晴子を連れていかれるのは不満だったが、母親の一瞥で黙った。

「昼食までにはお返ししますわ」

晴子は自分が砂場のおもちゃになった気がした。

彼女の所有権を得た砂場の女王様と最新の美顔マッサージを受けることになり、朝から顔を揉まれまくった晴子は、顔が筋肉痛になった気がした。

雨宮邸で昼食までいただいた晴子は、いよいよ帰りたくなった。

雨宮家の当主は難しい本を読んでいるし、奥様はピアノを弾いている。一を前に、晴子は緊張の面持ちで座っていた。

こんなに部屋があるのに、どうして一部屋に集まっているの!?

晴子は叫びそうになった。

救いなのは、部屋がやたら広いことだ。

仕方がないので、ヤマと遊ぶことにした。一成がぼやいた通り、ヤマはハナよりも我儘だった。人間と同じようにソファに上り、昼食の時も食べ物をねだった。

「ヤマはドッグトレーナーに任せなかったんですか？」

ハナはとてもお行儀がよく、聞けば、専属のドッグトレーナーが訓練したと言う。

「ドッグトレーナーに預けると、すぐに体調を崩すんです」

一がそう言うと、ヤマは哀れっぽく鳴いた。

なるほど、賢い犬だ。嫌なことは絶対にしない。一に甘えれば、なんでも許されると思っている。

「雨宮さんが、そんな人だとは思いませんでした」

「そんな人？」

「もっと厳しい人かと……」

「ヤマに関しては無理です」

きっぱり言われたので、呆れたが、他人《ひと》様の犬を僅かな時間で躾け直そうだなんて晴子はしなかった。とりあえず、場を繋ぐために遊んだ。

我が儘な犬も晴子には逆らわなかった。それは彼女の扱いが上手だったこともあったが、粗相をしたら、ご主人様が許さないであろうことを察知したのが大きかった。

ヤマと遊ぶ晴子を見ながら、一は父と母を見た。ついでに周りにいる使用人の数も確認する。これまた、今まで気にしなかったが、こんなに侍《はべ》っていたのかと、驚いた。

一は一つだけ、晴子に聞きたいことがあった。今日を逃したら、もしかしたらもう二度と、聞けなくなるかもしれないからだ。

「御前園さんは北海道に行かれるんですか？」

ヤマを撫でる手が止まった。

「なぜですか？」

「昨夜、迷っていたようなので」

迷っているということは、まだ希望はあると思った。

彼は晴子の事が気になっているのだが、それが恋愛感情なのかどうかを判断できなかった。また勘違いだったら困る。なのでもっとよく付き合って確かめたいのだ。

「北海道に行けば、いつでもウミに会いに行ける場所に住めると聞きましたが？」

同じ迷うにしても、柏木隼人が好きでついて行きたいと望むのと、ウミが心配で側にいたいと切望するのでは違うと思った。

「ウミのことが心配なんですね。だから迷っているのですね？　多賀さんから聞きました。彼らが生まれたあの日、あなたはウミを見逃すところだったと」

「――あの時はありがとうございました」

固い声が返ってきた。

晴子が怒っている。

一はそれがなぜか分からなかった。ウミを見逃すミスを指摘したからか？

そうではなかった。

「ウミは強い子です。あの子は、ソラよりも先にプールに入ったのです。おっとりしているけど、本当は強い子です。ソラは一見、元気がよくて強い子に見えますが、寂しがり屋で、ウミのことが大好きなんです。ウミと引き離されたら、寂しがるでしょう……なのに、ウミにだけ一緒についていくなんて……そんなこと、できない！」

ピアノの音がやんだ。窓を叩く雨音がはっきりと聞こえる。

ああ、また雨を降らせてしまった。

一は自分が雨男であることを呪った。心の雨は、傘では防げない。ならばどうすれば、彼女の悲しみを癒せるのだろうか。

＊

晴子は隼人の研修旅行の最終日に、彼と会った。

「やっぱり行けない」

「そうか……俺、格好悪いな」

二度も振られた男は、少し拗《す》ねた。

「ちょっと期待していたんだ。晴子がテレビに出て、〝独身美人飼育員〟なんて紹介された時、もしかして俺のこと、まだ想ってくれているんじゃないかって……」

「ごめんなさい」

晴子はなぜ謝っているのか分からなかった。期待を持たせたから？

隼人と別れてから、恋人はいなかった。けれどもそれは、彼に未練があった訳ではなく、仕事が充実していたからだ。

大好きな動物と触れ合い、子ども達と戯れる。楽しくって面白くって、男なんていらなかった。気がついたら三十路の入口が見えていて魔が差した。もしその時、晴子が隼人のことを思い出していたら、彼女は幸せな結婚ができたのかもしれない。

しかし彼女はその時、彼のことを思い出さなかったのだ。思い出したのは、結婚式を逃げ出したあと、一連の後悔をした時だった。つまり、彼は常に過去にいて未来にはもう存在しない男だった。

そして、雨宮一に『ウミのために北海道に行くのですか？』と問われた時、『ウミを理由にして、楽な方に逃げるのですか？』と責められた気がした。彼の本心は分からないが、晴子は今の柏木隼人に対する気持ちのままで結婚話を受け入れては、互いに幸せになれない、と諭された気がした。同時に自分の一に対する気持ちも、はっきりしてしまった。側にいて欲しい存在が誰なのか――。

「じゃあ、俺は帰るから。お互い幸せになろうな」

相手も執着することなく、あっさり別れを切り出した。女と同じくらい、男の三十路前も周りにうるさく言われるのだろう。隼人はそこでテレビに映る晴子の姿を偶然見た――。

「ありがとう。でも、私は難しいかな？」

「そんなこと……」

「いいの。慰めはいらない。励ましてほしいの」

「励ます？」

大学時代から六年も付き合っていたのに、今では見知らぬ女のようだ、と隼人は思った。そして前よりも歳を取ったのに、なぜか可愛い。

「そ。私、ホッキョクグマの人工哺育と同じくらい、困難なことに挑戦しようかな～と。まず、無理なんだけど」

照れくさそうに笑った。恋をしている顔だ。自分ではない、他の誰かにだ。

遅かった……。

気がつくのも、迎えに来るのも彼は遅かったのだ。あと半歩早かったら二人で実家に帰っただろう。

白の秘密

「はじめまして。プーの父です」

「母です。いつも息子がお世話になっています」

坂上保育園年長組、ショウの父親が息子の遠足に付き添ってきたら、上司の上司のそれまた上司の……はるかとんでもなく上の上司に挨拶された。彼が勤めている雨宮証券の総元締である。血の気が引いた。

「プーの親？　息子いっつもサボって、ここで遊んでいるぞ」

「ショウ！」

父親が息子の口をふさいだ。

「いいんだ。その方は遊んでもいいんだ」

「ふご！　なんでだよ！　働かざる者、食うべからず！　だろう！」

「世の中には一生、遊んで暮らせる人種がいるんだ」

必死の形相で、息子がまだ知らない世の不条理を教えようとした父親の耳に涼しげな声が届く。教育と心臓に悪い雨宮家の御曹司が駆けつけてきたのだ。

「父上！　母上！　何しにいらしゃったんですか!!」

珍しく息を切らし、声のトーンがきつかった。怒っているらしい。

「何しに？　今日は、父兄参観日と聞いたからな」

「それは坂上保育園の行事であって、私には関係のないことです。大体、私が子どもの頃なんて一回も来たことがなかったくせに」

「そうなのか！　プー、可哀想だな！　俺の父親はどんなに忙しくても、必ず来るぞ！」

息子に自慢されて嬉しいはずの父親は、その無礼さに冷や汗が出ていた。

「なんだ……来てほしかったのか。しかし、二人揃うと雨が降るだろうと遠慮していたんだ」

「――安心してください、一人でも降っていました」

悲しい過去に言及し、一は空を見た。せっかくの坂上保育園の遠足に雨はいけない。晴子に嫌がられる。

「そうだが、小雨決行が、豪雨中止になるだろう。私が子どもの頃、父がよく来ていたが、その度に空が抜けたような雨が降ってな。父はその中でやはり雨だな、豪雨だなと楽しそうに笑っていたが、私は嫌で嫌で仕方がなかった。息子にはそんな思いはさせたくなかったんだ」

「なら、来ないでください。雨が降ったらどうするんですか？」

「大丈夫だ！　お前がストライプのプー王子なら私はドット王だからな」

目がちかちかするような細かいドットのシャツを着た雨宮一成が、胸を張った。

実のところ、ストライプよりも太い縦縞、細かいドットよりも大きいドットの方が効果が高いのだが、成人男性のファッションとして取り入れにくいのが難点だった。

「そこまでして、何しにいらしたんですか？」

重ねて聞くと、一の両親は答えた。

「お前がゾッコンのお嬢さんに会いにきたんだ」

「――!?」

「何と言ったかな? ヤマとカワ?」

「あなた、違いますよ。ヤマはうちの犬です。ソラとウミですよ。とっても可愛いホッキョクグマのお嬢さんなんでしょう?」

わざとだ。雨宮家の現役当主が、そんな間違いをする訳がない。

一は呻いた。わざと両親はすっとぼけて自分を揺さぶってきたのだ。

「おう! 可愛いぞ! 俺はずっと見てきたんだ。案内してやるぞ!」

ショウが意気揚々と、プーの両親の前に立った。

「あら、可愛いお坊ちゃん、よろしくね」

雨宮家の奥様は上機嫌でホッキョクグマ舎に御成りになった。その後ろを、ショウの父親は、フラフラしながら付いて行った。

「いやあ、こうやって、お前と動物園に来るなんて初めてだな」

「……そうですね」

最後にドットの父親とストライプの息子が続いた。晴れているのはよいことだが、太陽のもとでは、余計目がチカチカする組み合わせだった。

それを出迎えた晴子は、口を開けて驚くしかなかった。

「やあやあ、御前園さん、こんにちは」

　一成に親しく挨拶された晴子は、ペコリと頭を下げた。続けて夫人が言う。

「こんにちは。先日はうちのメイドに結構なものを、ありがとう。気を遣わなくてもよかったのよ。客人をもてなすのは当然のことですから」

「いえ、大変なご迷惑をかけたので……うちのお菓子ですが」

「あれはおいしいわね。私の分もくださってても構わなかったのよ」

「──あ……」

「母上！」

　一が母親を窘《たしな》め、引き離した。

「母が、すみません」

「いいえ。そうですよね。お母様やお父様にもお持ちするべきでした」

「気にしないでください」

「ご迷惑をかけましたから」

　晴子がそう言うと、一は否定した。「迷惑なことなんてありませんでしたよ」と。

「でも、吐きましたよね？」

　今度は、その言葉を口にできた。

「──それも含めて、迷惑ではありませんでした」

　そんなことはないだろう、と晴子は我が事ながら思った。

「ご両親には気づかれましたか？」

「まったく。それは大丈夫です」

雨宮邸に滞在したことを晴子は家族に隠していた。

一に言わせると「正体をなくすまで飲んで、家に帰ってきたら、叱責を受けるだろう」とのことだった。さらに「連れて帰ってきた私がそこまで酔わせたと思われたら困ります」とも。

晴子は太宰の家に泊まったことになっていた。ワンピースは次の日、買い物に行ったことになっている。

事実を聞いた太宰は一を「いい人だね」と評価したが、晴子は違った。雨宮家の御曹司として、自分の評判を下げるようなことは噂でも公になっては困るのだ。それに、娘が雨宮家に泊まったと聞けば、その両親はいらぬ期待をするだろう、と。

彼女は、自分の気持ちをはっきりとさせたせいで、余計に一を冷静に観察してしまっていた。

どう攻略すればいいのか……まったく分からなかった。

カフェ・ぶらんこぶらんか坂上動物園店では、〝坂上動物園を遠足でご利用の保育園・幼稚園・及び小学校には、園児・児童のみなさんに当店のお菓子を差し上げます。※ご希望の場合は一週間前までにご連絡ください。※アレルギーについてはご相談ください〟との文書を近隣の該当施設に配ることにした。

雨宮一が、提案したことだった。

これまでのように縁のある坂上保育園だけを優遇するのは不公平だと思い、動物園と会社とカフェに相談して実現された企画だった。遠足での利用が、家族単位での利用に繋がると踏んだのだ。

初日の今日、カフェ前の広場には坂上保育園の子ども達が集まっていた。

籠に入ったシロクマの形のクッキーを店員が配る。その中に、エプロンをした一の姿もあった。

「どうぞ」

「私、マカロンが好き！」

予算上、『マカロン』は出せなかったので、少し傷ついた。いっそ自腹で……と思った雨宮家の御曹司に〝独善的〟の戒めが響く。

それに食物アレルギーの子にもできるだけ楽しんでもらえるように米粉や豆乳などで代用が効きやすく、おいしさも、見た目も他の子達と同じものが用意しやすいことから、子ども達に遠足で配布するお菓子はクッキーと、会議で決めたのだ。

「うちのカフェはいろんなお菓子を提供しているから、また来てください」

一は本来の目的である宣伝に励む。

そんな息子のすぐ側で雨宮家の当主は、ラテの上に施された、可愛いホッキョクグマのラテアートを崩せずに躊躇していた。

「これは可愛いなあ」

「そうですね」

仲睦《なかむつ》まじい夫婦のやり取りに、息子は冷たい視線を向ける。

本気で何しにきたんだろう。何もかもが口実で、二人でデートをしたかっただけかもしれない。

「こんにちは、雨宮さん」

クッキーを配り終わり、子ども達が食べるのをやや手持ち無沙汰に見ていた一に、サポートとして来ていた奈良が声をかけた。

雨宮家の人間二人が気合を入れて〝対策〟をしたおかげで、晴天に恵まれたが、逆に暑すぎるほどになってしまい、クッキーを食べる子ども達の食欲がいまいちだった。

夏場はゼリーとかの方がいいかも。それなら寒天も代用に使えるし。そう思いながら、一は奈良に挨拶した。

「こんにちは」

「――いい企画ですね」

「え？」

思いもかけず奈良に褒められて〝独善的〟な彼は、訝《いぶか》しんだ。

「おかげさまで、坂上動物園への遠足利用についての問い合わせが多く来ているそうです。

飼育員達もですが、私達ボランティアも、遠足の子達向けに何か計画しようかと話し合っています」

「それは――お役に立てて嬉しいです」

晴子の親代わりのような男性に評価されたことは、彼にとって大きな喜びであった。

「先日は失礼な物言いをしましたね」

「いいえ……おかげで、身を正すことができました」

生真面目に答える若者に、奈良は苦笑した。

「真面目ですね」

「そうですか？　……御前園さんにも言われたのですが、そうでしょうか？」

「自分ではよく分かりません」と付け足す。

「ええ、真面目で……融通が利かないところがありますね」

また欠点を指摘された。

「そこが私に独善的と見えてしまったのでしょう。あなたはどんな相手にも真面目に力いっぱい対応する。酔っ払い相手にも、子ども相手にも、こんなおじいさん相手にでもです。人を見て手加減することができないのですね。でも今は、ずいぶん、よくなりましたね。――ああ、偉そうにすみません」

坂上動物園のエンブレムが付いた帽子を脱いで、奈良が頭を下げた。それに一も倣《なら》う。

もう一度正面を向いた彼の表情は晴れ晴れしていた。

「御前園さん、何か手伝いましょうか？」

　その余勢をかって、一は晴子に話しかけた。彼女はこれから子ども達向けに動物の話をするのだ。毎日のように散歩に来ている子ども達相手に目新しいことをするのは大変で、いろいろな仕掛けを考えていた。

「いいえ。大丈夫です」

　あっさり断られた。奈良はその様子を見て、再び帽子を脱いで頭を掻く。

「何をやってるんだ、あの二人は。いい歳をして」

　初めての試みが気になってやってきた多賀が呆れたように奈良に話しかける。

「中学生みたいですね」

　広報用の写真を撮りに来て合流した筑紫も、同意した。

　向かいの爬虫類館から太宰まで出てきた。

「中学生どころか、小学生だって、もっと進んでるわよ」

　晴子が小学生の頃、人気《ひとけ》のない夏休みの校庭のウサギ小屋の前で、当時の彼氏とキスをしたことを聞かされていた太宰は、しみじみと言った。

　人は若ければ、それだけ勢いがあるものだ。失敗しても次がある。

　しかし、三十路の晴子にとって、次の失敗は大きい。慎重にならざるを得ない気持ちも分かる。

　雨宮一の恋愛観を聞いてしまった以上、「積極的に近づく」ことも「気のないフリをする」

ことも、どれも間違った対応だということが分かっていた。

なんの進展もないまま、梅雨が明けた。

もうこのままでいいや。

ソラとウミは暑さで、すでに餅のようにデロンと伸びていた。晴子の心も同じようにだれた。一とは、一緒に講演会の準備をしたり、打ち上げと称して数人で飲みに行ったり、そこそこ接触はあって、それがなかなか楽しい時間だった。

ここで、何らかのアクションを起こして台無しにするくらいなら、「もうこのままでいいや」という心境になってしまったのだ。

しかし、双子のことは「もうこのままでいい」訳がない。ソラとウミをこのまま酷暑にさらすつもりは毛頭なかった。夏のホッキョクグマ舎といえば、恒例の『氷のプレゼント』である。

カフェ・ぶらんこぶらんかはスポンサーとなって、氷の提供を行おうとしたが、一が待ったをかけた。

「資金を出し渋っている訳ではないのですが、もっとこう皆さんも一緒になって、ホッキョクグマを応援している気分になってほしいのです」

〝独善的〟を返上しつつある彼は、奈良と多賀にそう相談した。

「確かに。お金を出してもらってばかりでは、もらって当然、という気分になってしまいますね」

「そうだな。特に最近の夏の暑さは地球温暖化にも関係する。ホッキョクグマに氷を贈ることで、そのことも考えてもらえるきっかけになってほしいな」

二人と話し合った結果、カフェ・ぶらんこぶらんかのメニューにかき氷とソフトクリームを加え、その売上げの一部で、ホッキョクグマ達に氷をプレゼントするというキャンペーンを提案することにした。

「懐かしいな。前にあった売店のソフトクリームはおいしくってね。晴子ちゃんも大好物でよく食べていたものだ」

「ああ、そうでしたね」

奈良と多賀が懐かしそうに語るのを聞き、一は俄然、興味を持った。

「御前園さんは、昔からこちらに?」

「そうですよ。思い出しますね……小さい晴子ちゃんが、もっと小さい弟君の手を引いて『おじちゃん！　お父さんもお母さんも忙しいから、晴子が大輝を連れて遊びにきたのよ。電車とバスに乗ってきたんだから！』って、そりゃあ、誇らしげに」

小さい晴子はその後ろを、心配した父親に頼まれた職人が、こっそりとついてきていたのを知らなかった。

「でも、弟さんに買ってあげたソフトクリームが食べる前に落ちちゃった、と泣いていたから、私が売店に事情を説明したら、新しいのを作ってもらえることになってね。『おじちゃん、ありがとう！』って……」

「そうなんですか」

当時の事を思い出して奈良は微笑み、一の表情もほころんだ。

「御前園は俺のことも〝おじさん〟呼ばわりしてたな。その頃は、まだ〝お兄さん〟だったから、何度、訂正したことか……なのに『ホッキョクグマのおじさん、ホッキョクグマのおじさん』って……いやあ、懐かしいですね」

場が和んだので、多賀も饒舌になった。

「――多賀さんも御前園さんとそんなに長いお付き合いなんですね。とても信頼し合っているようですし……」

一の声が心なしか、低くなった。

それを察した男のうち、老齢の方は微笑ましく思い、中年の方は焦った。まさか自分が嫉妬されるとは……それほど御前園に対する気持ちが強くなっているというのならば、その想いの出しどころを間違えている。

「――雨宮さん……御前園とはただの同僚ですから……」

ホッキョクグマのおじさんは精一杯、冷静さを装ってそう告げた。

やがて四頭のホッキョクグマには氷の柱がプレゼントされ、思い思いにその冷たさを楽しむことになった。午前のアルルはそれを抱え、プールに飛び込んだ。午後のデルタは中に入れられた好物のリンゴを取り出そうとひたすら奮闘する。ソラはウミの氷の柱にちょっかいを出し、嫌がられていた。

ホッキョクグマ舎には人垣ができていた。子グマコーナーの前列で見ていた二組の母子が列から出てくる。その姿を見た晴子は思わず足を止めた。子どもを連れた二人の母親が、目を見張るほど美しかったのだ。そして誰かに似ていた。

見惚れるあまり、足元に何かがぶつかるまで気がつかなかった。見れば、小さな男の子が薄汚れたホッキョクグマのぬいぐるみを抱いたまま、コロンと仰向けに倒れていた。

晴子の足にぶつかったのだ。彼女は焦って、抱き起こそうとしたが、男の子は泣きもせずに、自力で「ふん！」と立ち上がった。

「大丈夫!?」

「じょーぶ！」

慌てて尋ねると、男の子は舌ったらずに返事をした。

可愛い。大きくてプクプクしていて、持っているぬいぐるみを合わせて、まるで双子のようだと、晴子は思った。

「真冬！」

すると、美しい二人の母親のうちの一人がベビーカーを押してやってきた。

「すみません！　私の不注意で、お子さんが……」

来園者の子どもに怪我をさせていたら大変だ。平謝りをする。しかし、母親はそんな晴子を制する。

「いいえ、うちの子が悪いのです。走り出して、立ち止まっていたあなたに勝手にぶつかったんですもの。――もう！　お母様の手を離してはいけないって、あれほど言ったのに！」

「ごめんなしゃい」

「あー！」

ベビーカーの中からも声がしたので見ると、赤ちゃんが乗っていた。こちらもぷくぷくと太って可愛い子だったが、母親とあまり似ていなかった。

「真白ちゃん、真冬ちゃん、怪我はなくって？」

もう一人の母親も、赤ちゃんを腕に抱いてやってきた。こちらは空のベビーカーを押している。

「平気よ。こんな人込みで突然、走り出すんですもの。お願いだから、いい子にしていてね」

しっかりと息子の手を握った母親が、慈しむように笑いかけた。とても若く見えるのに二人も子どもがいて、しっかりしている女性だ。

――ましろちゃん？

晴子はその名前に聞き覚えがあったが、どこで聞いたのか、すぐに思い出せない。さらにもう一人の方も誰かに似ている気がしたが、それが誰なのかも分からなかった。

そこに思わぬところから、正解がきた。

「もしかして、御前園晴子さんですか?」

あとから来た方の美しい母親が晴子の名を呼んだ。「そうです」と答える。テレビで少しは顔が知られている彼女には、もう珍しくない出来事だった。

しかし、そうではなかった。

「初めまして。私、秋原姫、と申します。雨宮一の妹です」

優雅かつ丁寧に、雨宮家の令嬢は晴子に挨拶をした。

「それから、娘の小町です」

『姫』に『小町』。こんなに名前負けしていない人間を見たのは初めてだった。

自分の『晴子』もその名にふさわしく晴れ女のはずなのに、それを上回る雨男のせいで、最近はさっぱりふるわない。もし、どんな雨男にも負けない晴れ女だったら、あの人にとって価値がある女になれたのに。

雨男……? 待って今、目の前の女性は何と言った?

「え……雨宮さんの?」

「はい。妹です」

晴子はその顔に似ている人間を思い出した。

彼女は雨宮一に似ていた。そして、秋原姫と小町はお揃いの水玉の服を着ていた。

＊

秋原姫は、本当はもっと早く坂上動物園に来たかったのだが、夫が海外に戻ることになったので、自分も娘を連れて帰らなくてはならず、そこで夏に再び帰国するまで、と我慢していたのだ。

そしてついにこの日、友人の小野寺真白を誘ってやってきた。その友人を、晴子が不思議そうに見ているので、そういえば、と彼女を紹介していなかったことを思い出す。

「こちらは私の友人の小野寺真白……と、その息子さんの真冬ちゃんと、幸馬ちゃん。真冬ちゃんはホッキョクグマが好きなの。ねえ？」

子どもに同意を促すと、真冬は大事なぬいぐるみを抱きしめ、左右に身体を揺らした。

「すき！」

「はじめまして。小野寺真白です。主人も来ているのですが、今、カフェの方に顔を出しているので、後ほどご挨拶に参ります」

「真白ちゃんの旦那さんが、カフェ・ぶらんこぶらんかの社長をしているの」

姫の説明に、晴子はカフェの名の由来を、ぼんやりと理解した。

真白に、真冬に、カフェ・ぶらんこぶらんか……か、全体的に『白っぽい』名前。

『白っぽい』で思い出した。一は晴子が考えた双子の名前を「青っぽくていい」と評価した。その対抗馬だった名前こそ、『白っぽい』『ましろとまゆき』だった。

彼は必死で子グマ達にその名を付けさせないようにしていた。『真白』と言う名を、大好きなホッキョクグマに向かって呼びたくなかったのだ。

改めて、目の前の女性を見る。清純で華奢で、美しい女性だった。晴子は彼女こそ、一がかつて恋をして、振り向いてももらえなかった少女だということを悟った。自分の身のほど知らずっぷりに目眩いがした。

ソラがプールに飛びこんだのだろう。歓声と水しぶきがあがった。

「クマしゃん、ざぶーん！」

真冬が興奮して、また駆け出そうとするのを母親が止めた。

「駄目よ、真冬！　さっき見たでしょう？　みんなが見られるように譲ってあげなさい」

「やー」

細い腕が引っ張られる。そこに、大きな影が被った。

「真冬」

「――！」

クマだ、と晴子は思った。ホッキョクグマではない。ヒグマか……ツキノワグマといった感じの大柄な男性だ。

その人が子どもを持ち上げて肩車をすると、頭上から「きゃあきゃあ」と喜ぶ声が降ってきた。

「見えるか？」

「みえるー」

「そうか。クマさんは気持ちよくプールで泳いでいるね。お水が好きなんだよ。だからお前のシロクマのぬいぐるみだって、濡れても可哀想なことなんてないんだ」

「やー」

父親は息子が気に入り過ぎて、すっかり薄汚れて灰色グマになってしまったぬいぐるみを洗濯させようとしているのだ。

その時の晴子は、ソラが茶色く汚れていなかったことに感謝した。やんちゃなソラは、ウッドチップの上で転げまわるのが大好きで、しょちゅう、「え？　あれがシロクマですか？」と来園者に聞かれる有様になってしまうからだ。

「真冬、ご覧。あのクマさん達は、どちらも真っ白でふかふかだろう？　お前のは……ちょっと汚いぞ」

「そうね。真っ白でふわふわのソラちゃんとウミちゃんは可愛いわね。真冬のクマさんも、同じようになりたいはずよ」

「プール、好き？」

子どもはそう言うと、父親の頭の上からぬいぐるみを投げた。地面に落ちたぬいぐるみを拾ったのは、雨宮一だった。

「いけないよ、真冬。あのプールに物を投げ込んでは。ソラとウミがびっくりするだろう。この子は、君の家の洗濯機に入れなさい」

自分があげた時とは比べものにならないほど薄汚れて、べたべたのそれを子どもに返す。一瞬、触りたくないと躊躇するほどだった。

「プール！　クマしゃん、プールにざぶんするの！」

せっかく自分のクマにプール遊びをさせてあげようと思ったのに、それを阻止された真冬は、苛立ったように父親の肩の上で足をばたつかせた。

「真冬。ダメだぞ」

小野寺冬馬が子どもをおろし、言い聞かせはじめた。強面の顔だが、中身はとても優しく子どもに甘いのが分かった。

「こんにちは、御前園さん。すみません、うちの妹と社長がご迷惑を」

「いいえ。みなさんでおいでくださって嬉しいです」

「迷惑」をかけた中に、「真白ちゃん」は入らないんだ、と晴子は暗い気分で思った。

太ったって、あの子は綺麗だったはずだ。今は、あんなに綺麗だ。そして何よりも若い。

その心を知る

御前園さんが最近、よそよそしい……。雨宮一はなんとなくそう感じていた。

「御前園さん、来週末の夜の予定って、どうなっていますか？」

一がそう問うと、晴子は手帳を出した。

「そうですね。予定通り、活魚のプレゼントがありますよ。ソラとウミは上手に獲れるかしら？」

生きた魚を捕まえてもらうことは、ただ食べるというだけでなく、ホッキョクグマの狩猟本能を刺激し、来園者にもその能力を知ってもらえる機会であった。だが、泳ぎと同じく、狩りも母グマを見て学ぶものなので、人工哺育の双子にできるかどうか晴子は不安だった。動く魚を食べものと認識できるかも怪しい。

そこで、飼育員控室のある建物の裏で、タライに入れた魚を素手で獲る練習を密かに始めていた。もしもの時は、自分が手本を見せようという訳だ。バッタやカナヘビ取りの名人だった彼女は楽勝と高をくくったが、実際にはこれが難しい。へっぴり腰で魚に水を掛けられている姿など、一に知られたら困る。

咄嗟に話題を変える。

「カフェの方も、ナイトイベントに合わせて営業時間を延ばすと聞きました。よろしくお願いします」

「あ、こちらこそ」

想定しなかった事務的な答えが返ってきて、一は困惑した。

質問の仕方が悪かったようだ。手帳をしまい、仕事に戻っていきそうな晴子に焦って言葉を紡《つむ》ぐ。

「再来週は……お忙しいですか？」

「はい。再来週はもう北海道なので……」

「北海道⁉」

これまた予想外の答えに、動揺する。

北海道？　あの……北海道？

「え……どうして……」

「——嫁入りの準備です……」

晴子はウミが貸与される動物園を視察しに、出張の予定だった。可愛い子グマの娘がいなくなることに彼女はひどく落ち込んでいて、あまりハキハキした物言いができなかった。

そのせいで一の困惑と動揺と勘違いは、いっそう酷いものになった。

「どうして？　御前園さん、北海道には行かないって……」

「でも、行かないと！」

「そんな……」

また一の前で泣きそうになってしまった晴子は「仕事があるので……失礼します」と言って逃げてしまった。

蒼白な顔で佇む一を見た奈良は、何事かと思って声をかけた。結果、多賀に確認をとり、晴子の北海道行きの理由を、きちんと話した。

自分が酷い勘違いをしていることを悟った一の頬は赤らんだ。御前園さんがあの男のところに嫁に行くなんて……どうしてそんなふうに思ってしまったのだろう。どうしてそれが、こんなに嫌だったのだろう。

一の顔色の変化を、申し訳ないが、奈良は面白がって見ていた。心の中で「若いっていいものだ」と思いながら、少しだけ背中を押してみる。

「晴子ちゃんは双子がいなくなるのを、ずいぶん悲しんでいる。ウミちゃんの行く動物園は、きちんとしているけど、そういう問題じゃない。帰ってきたら、みんなで慰めてあげよう、という話になっているんですよ」

「そうでしたか。私も及ばずながら、お力になります」

奈良はしてやったりと思った。

八月も後半になり、北海道から戻ってきた日の夜、晴子はみんなから暑気払いに飲みに行こうと誘われた。指定された居酒屋に行けば、果たしてそこには雨宮一がひとり所在なさげに座っていた。

「なんだか皆さん、急に都合が悪くなったそうです」

「――ええ⁉」

太宰から誘いを受けた彼女は、謀《はか》られたと思った。いや、配慮してもらったという方が近い。自分の三十路の恋に知り合いが協力してくれようとしているのだ。ありがたいが、恥ずかしい。

一方、一もなんとなく気を遣われたことを悟った。大人数で予約したはずなのに、通された席が二人席だったからだ。いつもなら不愉快になって、帰りたくなるところを、今回は深く座り直した。

「よろしければどうぞ、お座りください」

彼は自分の大きな勘違いに気がついた。

御前園さんはよそよそしくなんてなっていない。どこも変わっていない。変わったのは自分だった。自分はもっと、彼女と親しく話して、同じ時を過ごしたいのだ——と。

騒がしくもなければ、静かすぎでもない、ほどよい居酒屋の半個室で、二人は向かい合った。

が、実は、晴子は一が感じていた通り、『よそよそしかった』。

彼がかつて好きだった少女のあまりの高スペックっぷりに、すっかり気落ちしてしまっていたのだ。今は必要最低限のやり取りしか望まなかった。深く立ち入ると、また泣いたり、甘えたりしてしまいそうだったからだ。

だが、たまに気分が浮上してくる時もあった。もしかしたら、希望がない訳ではないのかもしれない。頑張ってみてもいいかもしれない。

そうすると、積極的に挨拶をしたり、他愛もない会話も切り上げずに行う。意図せず、その強弱は一の心を惑わせ、混乱させていた。

「なかなかの悪女じゃないの」と、その様子を観察していた太宰はそう友人を評した。

北海道から帰ってきたばかりの晴子には、話題はたくさんあった。ウミが行く動物園だけでなく、他のいくつかの動物園も視察してきた。どの園にもホッキョクグマが居て、自然哺育で育った子どももいた。

人工哺育のウミが仲よくできるだろうか？　そんな不安も、もしここでのペアリングが難しそうなら、道内の他の動物園での可能性も試す、と聞かされて解消した。

ナイトイベントでも双子は活魚を自力で獲った。遊んでいるうちにたまたま食べて餌と認識したのだが、それでも、二頭は自分達で獲物を獲る術を知った。これからもそうやって、逞しく生きていけるはずだ。

「なんにも不安なんてないの。飼育員さん達も、私よりベテランな人ばかりなのに、こんな新人に毛が生えたような飼育員が心配するなんて、おこがましいわね」

升にこぼれんばかりに注がれた日本酒を一口する。甘いお酒だ。つい、進みそうになり、晴子は先日の失態を思い出す。

「そんなことありませんよ。御前園さんだって、立派な飼育員です」

「ありがとうございます」

飲んだお酒が、目から出てきたと思った。彼女はまた泣いてしまったのだ。

「すみません」

「謝らないでください」

「でも……もう甘えないって、約束したのに」

「そんな約束、した覚えはありません」

びっくりして、晴子の涙が引っ込んだ。

一は、真っ直ぐな目で、彼女を見返した。

「私はそんな約束、あなたとはしていません」

晴子が勝手に「甘えている」と言い、勝手に「やめる」と言っただけだ。

「どうぞ甘えてくださって結構です。私はそれを受けとめきれないほど、度量の狭い男ではないつもりです」

「えっと……でも」

どういうつもりで一がそんなことを言い出したのか、晴子には分からず混乱した。今度は彼女が、彼に惑わされ始めた。

「確かに、最初は正直迷惑でした。けれども、私は双子に少なからず関わってきました。御前園さんにもです。もう迷惑なんて思っていません。ですからどうか、これからも頼りにしてください。あなたは甘えているのではなく、頼りにしてくれているんですよね？　私を？」

「そう……かな？」

「そうですよ」

く涙を見せる。

御前園晴子は、普段は明るく、笑顔に溢れた女性だった。それなのに、自分の前ではよ

それを一は自分が〝雨男〟だからだと責めた。自分の言動が、彼女を悲しませ、泣かせてしまうのだと。でも、それは思い違いだったかもしれない。晴子は言ってくれた。「雨もいいですね」と。

〝雨〟は乾いた心を潤し、悲しみを洗い流すこともできる。やんだ後の空気は清々しい。そんな〝雨〟を、晴子の心に降らすことができるのならば、自分は喜んで彼女の〝雨男〟になろう。そしてまた一緒に雨上がりの虹を見て、晴子の太陽のような笑顔を見るのだ。

「九州にも出張、行かれるのですよね？」

九州にはソラが貸与される予定の動物園がある。

「はい。もう少し涼しくなったら……あちらは暑いですから……。あっ!! 北海道は雪も降ってウミにとっては過ごしやすいでしょうに、ソラはここよりも暑い所にいくのね……」

途端に母親の思考になり、晴子は泣いた。泣くと酒が進んだ。まるで、水分を補うように。しかし、酒は出るばかりで、水分補給には適さないのだ。

一はやんわりと、晴子の杯を止めた。

「大丈夫ですよ。九州は昨日今日、暑くなった訳ではありません。その対策だってしているでしょう。実際に、デルタはそこで育ったんですよね？」

「はい」

残念なことに雨宮家の御曹司は、顔のせいか、声がよくないのか、性格が芳しくないのか、ただ真実を言っているにもかかわらず、情がないように聞こえるという欠点があった。真剣になるほど、それが顕著に表れてしまう。

双子を心配することに妥協がない晴子は、やや面白くなさそうに答えた。

「それを確かめにも行くのですよね」

「はい」

「行く時は教えてください」

「——なぜ？」

警戒しつつ晴子が聞くと、一はにっこりと笑った。

「帰ってきたら、またこうやって会いましょう。好きなだけ悲しんで、頼りにしてくださ い」

それから、自分も九州に行って、ソラが行くという動物園を見てこようと一は決めた。

そんな男の内心の決定事項から置いてけぼりにされている女は、唖然《あぜん》とするだけだった。

分かったことは、次のデートの予約をされた、ということだけだった。あんまり驚いたので、双子がいなくなる悲しみも、お酒に逃避する気もなくなった。

その晩、彼女は無事に、自身のアパートに帰り着いた。それほど飲んでいないくせに、足元だけはふわふわしていて、タクシーに乗せてもらう時に、「雨宮さんって、女性の扱い方に慣れていますよね」と口走ってしまったが。

＊

「五階です」

「……？　何か？」

「あ、あの五階に着きましたが……」

考え事をしながら出勤したせいで雨宮一は、あやうくエレベーターを乗り過ごすところだった。

「ありがとうございます」

礼を言って、一はエレベーターを降りた。

その言い方は、以前と同じようでいて、社員が受けた印象は大きく変わっていた。見下されるような気分には全くならなかった。

「どういたしまして」

社員は気分よく、エレベーターの扉を閉じた。

一が出勤すると社長室エリアから、クマが……ツキノワグマ風の男がのっそり顔を出した。後ろから、秘書である牧田の整った顔も見えた。

小野寺冬馬と向かい合うと、言い難《にく》そうな顔で彼は話し始めた。

「坂上動物園店の売り上げは非常にいいね。コンセプトもお客に受けているし、我が社のイメージアップも同時に実現できた。他店舗への波及効果もある」

「さすがですね」と、社長に続いて、牧田も賞賛の言葉を口にした。

「ありがとうございます」

「そこで……なんだけど……そろそろ、新店舗の方のプロジェクトに本腰を入れてみないか？」

「え……」

嫌です、と口に出かかって一は堪えた。

彼は社会人で会社員だった。雨宮家の御曹司ではあるが、そこは厳しく線引きをしてあった。一つのプロジェクトが成功し軌道に乗ったならば、新たな仕事が舞い込む。それが普通である。

彼が坂上動物園店を手掛けている間に、新しい店を出すことが決まり、その責任者にも任命されることになった。新たな出店計画を成功させるには、今や軌道に乗った坂上動物園店と同じくらい力を入れなければならない。むしろ、次はホッキョクグマの双子人気がない分、彼自身の手腕が具に評価される、まさに試金石とも言える店である。

これまでは、写真を撮るのも仕事のうちと、動物園で過ごしていたが、今後はその時間もとってはいられない。

まさか自分が双子よりも早く、坂上動物園を去る日が来るなんて……。一はしばし、呆然とした。

「分かりました。坂上動物園店の店長はしっかりしていますし。自ら発案したイベントも成功していいます。心配はいらないでしょう」

「ああ――たまには、様子を見に行くのも必要だとは思うけどね」

割合、早く気をとり直した一とは逆に、冬馬が申し訳なさそうに付け加えた。

「そうですね」

仕事としては手が離れても、動物園がなくなる訳ではない。これまでより頻繁に行けなくなるだけだ。

それに、これをきっかけに御前園さんと動物園を離れて会う機会を作ればいい、一はそう思った。

「じゃあ、新しい仕事の成功を祈って！　今夜、飲みにでもいくか？」

牧田は半分は断られる覚悟で提案した。何しろこの雨宮家の御曹司は、これまで一度も社内の飲み会には参加したことがなかったからだ。だが、このところの様子をみると、もしかしたらという思いも生まれてきていた。

少し考えた様子を見せたものの、これまで親睦を避けてきた男が手を差し出す。

「……よろしければ参加させてください」

誘った方も、側で見ていた方も驚く。

そんな彼らに、一は少しだけ、不敵に微笑んだ。

牧田は慌てて手を握り返した。なんとなく、肩を叩きたくなったが――それは、やめた。


いつものように動物園に散歩にやってきた坂上保育園の子ども達は、律義にお別れの挨拶にきたプージ様に衝撃を受けた。

「お仕事の関係で、これまでのように、君達に会えなくなるんだ」

中には泣き出す子もいた。

「なんでだよ！　プー。俺が働けって言ったからか？」

ショウは動揺していた。こちらも今にも泣きそうだ。

「そういう訳ではないが、私はもう、プーではなくなるようだ」

この動物園から離れたら、しばらくストライプとはおさらばしよう。縦縞は着飽きてしまった。


その後、ホッキョクグマ舎の側で事情を聞いた晴子は、大泣きした子ども達とは違い、落ち着いてその事実を受けとめた。

「分かりました。でも、ソラとウミがいなくなる時には、お見送りに来てくださいね」

双子の貸与の話になると、彼女は泣きそうになる。

一は、それが自分へのものなのか、二頭への惜別の思いなのか区別がつかなかった。

「それは必ず。これからも、機会を見つけて、ソラとウミには会いにきますよ」

そう言ってみると、晴子は首を振った。

「アルルに妊娠の可能性がある以上、十一月には、ホッキョクグマ舎とその周辺は封鎖します。出産、育児に成功すれば、三月までは、ソラにもウミにも会えませんよ」

そして、晴子はまた、アルルと新しい赤ちゃんに付きっきりになるのだ。

アルルが自然哺育ならば、赤外線カメラと音声で親子の様子を見守り、人工哺育となったら、新設されたアニマルメディカルセンターで二十四時間体制の面倒を見ることになる。彼女は経験者として、人工哺育の責任者に指名されていた。

「では……」

「お互い、忙しいですね」

「私も来月は九州出張です」と、晴子はどんどん一と距離を置こうとするような発言を積み重ねた。だが、そうではなかった。今回、彼女は彼との距離を測っていたのだ。

「けれども、お休みくらいはあるのでしょう？」

「それはもちろん」

一は晴子の心がホッキョクグマ舎のように封鎖される前に、閉まっていきそうな扉に手をかけた。

が、なんの抵抗も感じなかった。晴子は微笑んでいる。それを追い風に、彼は踏み込む。

「そうそう、九州に行かれた後には会う予定がありますよね？」

「はい。私を励ましてくれる会ですよね？」

晴子は一が自分の心の扉の中に入って来てくれたことに、自信を持った。

彼にはまだ、私を励ましてくれようとする意志がある。決して自分や双子や、動物園に飽きた訳ではない。

「もし、雨宮さんがよければ、お暇な時に会ってくれますか？」

晴子の方から仕掛けてみた。これで断られても、一がここを訪れることがなくなれば、それほど気まずい思いもしないで済む。彼の坂上動物園店離脱は、寂しいことだが、まことに都合のいい事態だった。

「……！　はい。私でよければ喜んで」

彼が女性の方から誘われて、これほど嬉しいと感じたことは、かつてないことだった。

晴子にしてみれば「こちらこそ、私でよければ」だ。

雨宮一は、自分に対し、とても親切だった。いつも助けてくれる。それを〝独善的〟ととる人もいるだろう。それを気楽に受け取るのは、甘えと思われるかもしれない。

それでも、一が側にいると、晴子は嬉しかった。

誕生日

最近、御前園さんがよそよそしい――。

性懲りもなく、一は、またそんなことを思っていた。

つまり、さらなる関係の構築を求めているのだ、と今ではもう分かっていた。だが、これ以上となると、打つ手がない。

いいや、あるにはあるが、その先に進むには、まず一度、ゴールをしなければ新しいステージには進めないことになっていた。

彼はそれもいいかな、と覚悟を決めたのだが、肝心の相手は及び腰のように見えた。好意はありそうだが、『その先』が無理なのだ。

仕方がない。彼女は自ら結婚を破棄するほど追い込まれたうえに、その後になって、相手側の婚約期間中の裏切り行為を知らされる、という屈辱的な扱いを受けた。

事情を詳しく知らない人間の間では、今でも晴子の方が悪いことになっていた。一年も経たないうちに、また、結婚をしようなんて気になるのは難しいことだ。

約束通り、九州から帰ってきたばかりの晴子を、前回と同じ居酒屋に誘った一は、しかし、彼女から以前ほどの悲壮感がないことに気づいた。

「ソラとウミと一緒にいられるのは、もうあと少しなんですもの。悔いのないように、日々を過ごさないと」

晴れ晴れとした顔でそう言われると、一は同意するしかなかった。いくら甘えてほしい、頼ってほしいと思っても、彼女を責めて泣かせる訳にはいかない。

「それにね！」

晴子は妙に上機嫌だった。もしや自分に会えて嬉しいのだろうか、そうであってほしい、と一は願う。

「今日、動物園にお客さんが来たんです」

どうやらその客が上機嫌の理由らしいと感じ、一の願望は一瞬で砕け散る。

「誰ですか？」

また柏木隼人が来て、プロポーズでもしていったのか、と一は邪推した。しかし、その人物の話を聞いて、別の意味で眉が寄った。動物園に晴子を訪ねてきたのは、彼女が双子の水泳練習をしていた時、酔って騒動を起こした男だったのだ。

「何をしに？」

「リンゴを持ってきてくれたんです」

「リンゴを？」

「はい！」

名物のリンゴの酵母を使用したというこの店の日本酒を飲みながら、晴子は幸せそうに返事をした。

「ご夫婦で、あの時はすみませんって、わざわざ持って来てくれたんです。ソラとツミのために育てたリンゴを箱いっぱいに！」

はあ、と一はつい、気のない返事をしてしまったが、浮かれた晴子は気にしなかった。

「それぞれに一本ずつ割り当ててくれていたんです。その木になったリンゴは、みんな双子のものなんですって。――もう少しでホッキョクグマ舎が封鎖されるから、今日来てくださってよかった。ソラとウミに会えてとっても嬉しそうだった……。あの子達を愛しているのは私だけじゃない。多くの人に愛されているんですね。あの子達なら、どこに行っても、みんなに可愛がられるわ。そう思ったら安心しました」

「そうでしたか……」

自分が〝独善的〟だと知るきっかけになった夫婦の話に、一は言葉少なだった。そんな彼に、晴子は言う。

「あれ以来、お酒は控えているそうです。『あの男性にもすみませんでしたって、伝えてください』と言われました。――雨宮さんですよね？」

とても怒っていた人がいた、と聞かされていた。

あの場にいた人間は、大なり小なり、みんな憤っていたが、その中でも、〝とても綺麗な顔をして、ストライプのシャツを着ていた男の人〟なんて、一しかいない。

よくも悪くも目立つ存在の彼だった。

「――こちらこそ、申し訳ないことをしました。あの時はそれこそ、怒りで我を忘れてしまって、相手の事情を考えず、ただ一方的に責めたててしまいました。未熟なのです……私は」

自嘲気味に笑う男に、女は目を伏せた。

「御前園さん？」

「――ありがとうございました。私こそあの時はソラとウミのことで頭がいっぱいで……そんなふうに自分の評判を下げてまで、怒ってくださっていたなんて知らずに……あの、双子のためにいつも本当にありがとうございます」

晴子はそう言いながらも、まさか私のために？と脳裏をよぎったが、それは口が裂けても言えない。

「双子のためだけに怒った訳ではありません――」

「雨宮さん……」

「一所懸命頑張っている御前園さんに、どんな理由であれ、あのような言動は許せませんでした。あの後、情け容赦のない性格だ、白黒をはっきりつけたがりすぎるという自分の欠点を知り、反省しました。ですが、今になっても思います。私はあの時の自分を後悔はしません。たとえどんな間違った言動だったとしても、反省はしても、後悔はしません。御前園さんに無礼な真似をした人間に、どうして寛大になれたでしょうか」

――一年前、このようなことが自分の身に起こるなど、晴子に想像できただろうか。

あの惨《みじ》めな婚約期間を思い出す。理由も分からず相手に邪険にされた日々。心を尽くしても報われない毎日。一人で行ったウェディングフェア。その全てが辛かった。逃げ出して、もっと惨めなことになると思った。ところが今の自分はまったく惨めではないばかりか、こうして好きな人と幸せな時間を過ごしている。

涙が滂沱《ぼうだ》として、止まらない。

「その涙の訳を、教えてください」

控えめだが、意志のある雨宮一の問いに、晴子は一年前の思いを全て吐き出した。

「私、やり直したい」

「はあ？　あの男とですか!?」

「違います！　そうじゃなくって……」

恋を、だ。

そして、あの失った一年を、だ。

そうして、辛かった偽物の婚約期間を精算したかった。そうでなければ、怖くて先に進めない。しかし、それにはもう一つ、やり直さなければならないことがあった。

「……なんですか？」

「アルルです」

「アルル？」

「はい。私は思うに任せぬ婚約期間中、心が散漫で仕事に集中できていなかったような気がします。その動揺が、アルルにも伝わってしまったのかもしれません。私がもっとしっかり彼女を見ていれば、もしかしたらアルルは初めて産んだ、あの可愛い子達を自分の手で育てられたかもしれません」

「御前園さん、それは……」

一は全てを背負い込む勢いの晴子を案じた。

婚約者が裏切ったのは彼女に咎《とが》がある訳もなく、ましてアルルのことは、彼女の婚約とは無関係だろう。

「分かっています。アルルが私のせいで育児放棄をしたなんて、そこまで思いあがっているつもりはありません。ただ、自分で納得できないのです。ソラとウミを快く見送るために、私はあの子達のことで後悔するような真似はすまい、と思っています。それと同じように、アルルに関しても後悔したくないのです。あの時、ああしておけば、こうしておけば——そうではなく人事を尽くして結果を待ちたいのです。その結果がどうであろうと、私は今度こそ、先に進めるはずです……だから——」

晴子はどうしようか迷った。

ソラとウミ、アルルとデルタに後悔したくないのと同じくらい、一との関係も後悔したくなかった。だが、その一つは両立できるのだろうか。

悲しみだけでなく、喜びも人の心を浮つかせる。アルルに対し、適切な対応ができるだろうか。

また自分は結婚の機会を逸するのか。しかも今度は、心からそれを望む相手だ。

女としての幸せと、飼育員としての矜持《きょうじ》の間で心が揺れ動く。やり直したいと思いつつも、自分の決断がどう転がるのか分からない不安に苛《さいな》まれる。

さい」

「何も怖がることなんかないですよ。お仕事……いいえ、アルに寄り添ってあげてくだ

子どものように泣く三十路女に、男は言った。

「怖いの。どうしよう……怖いよお」

「──！」

拒絶されたと、晴子は思った。

そんな彼女を、一は宥めるように微笑んだ。

「けれども約束してください。その約束をしてくれない限り、私はあなたをアルのもとには行かせません」

真面目一辺倒な男が、不敵な笑みを見せる。

「なんですか？」

「たとえしばらく会えなくても、音信が途切れがちになっても、私はあなたを待っています。それを信じてほしいのです。辛くなったら呼んでください。甘えてくださって結構です。一人で苦しまないで。我慢はいけません。いつでも会いに行きますから。──約束してくれますか？　あとできれば、その期間は三ヶ月くらいで」

彼女に何一つ、心配させないような先回りした彼の言動に晴子は覆っていた顔を上げた。

綺麗な、本当に綺麗な顔だと思った。

「私の何が、あなたにそこまでさせるのですか？」

「――分かりません」

ただ、それが恋というものだと思います。

一は、心の中でそう言った。本当は口に出したかったが、それをして晴子が浮ついた気持ちになったら、約束の意味がないと思ったのだ。

つい、目の前のグラスに晴子の手が伸び、顔を顰めた。

「いけない。また飲み過ぎちゃう」

泣きじゃくった上に、一に大いなる好意を向けられた照れ隠しに、彼女は冗談めかして言った。

「いいと思いますよ。今日もうちに泊まりますか？」

最近、柔らかくなったと評判の雨宮家の御曹司も、茶目っ気を出してきた。

「――な、何言っているんですか！」

この日のために少し気合いを入れた化粧は流れ落ち、涙でぐちゃぐちゃの顔で真っ赤になりながら怒る晴子を見て、一は「可愛いなあ」と思った。


十一月に入り観覧制限を始めると、アルルは寝室から新しく増設した産室に早々に籠り、床に敷いたウッドチップを盛んに掘るようになった。食欲も落ちた。

どうやら新しい産室が気に入ったようだ。そして、飼育員達はそれを出産の準備に入ったと見做し、予定を早めてホッキョクグマ舎の封鎖を完了した。

こうなったら人間ができることはほとんどなく、産室に取りつけた赤外線カメラの画像と、マイクからの音声を祈るような気持ちでチェックするしかない。全ての光を遮っているので、通常の監視カメラでは対応できないのだ。今年はより高性能の赤外線カメラをつけてもらえることになった。いきなり見知らぬものが設置されると警戒されるので、これも早くから準備していたものだ。

晴子も多賀も、担当時間内外にもかかわらずモニターが置かれたかつての双子の子グマ部屋にしょっちゅう出入りした。

それはアルルが産室に籠って二週間目の、ある晴れた日だった。

「また来たんですか?」

この時間の担当、志波が呆れたように二人の姿を見た。

「だって、気になって」

「昨日から、少し様子が違ってきただろう?」

「——あ!」

モニター画面の向こうのアルルの動きと、ヘッドフォンから聞こえる音が明らかに変わった。

しばらくして志波の耳に、「ぎゃあぎゃあ」という鳴き声が届いた。

「う、生まれたあ……!　やりましたよ!!」

志波は喜び、先輩飼育員達の顔を見たが、表情は硬かった。

「あの……」

子どもは生まれた。しかし、アルルが育児をするかどうか、それが大事だった。今回もアルルの様子次第で哺育方法が変わる。

飼育員三人は、そのまま次の段階を待った。

晴子は両手を強く握った。

アルル……頑張って！

そしてついに長い歴史で初めて、坂上動物園は〝その音〟を聞いた。

「ブポポポポ……ブポポポポ……ブポッ！」

ホッキョクグマの授乳音。

母親から勢いよくミルクを吸う、赤ちゃんグマの立てる音。アルルが子育てを始めた音だ。

「聞こえました！　授乳音ですよね、これ！」

志波が振り向くと、晴子が多賀に抱きついていた。

「多賀さん……!!」

「………」

晴子の背を叩きながらも、多賀は言葉を発することもできず、泣いていた。それを見て、志波の目も潤んだ。

「……あ、御前園、抱きつく相手、間違ってるぞ」

気持ちが落ち着いた多賀は、後輩を押しやると、ウキウキしながら、志波からヘッドフォンを奪い、念願の自然哺育の音を堪能し始めた。


ほどなくして、報道発表がなされた。

『本日、当園のメスのホッキョクグマ・アルルが出産しました。生まれた頭数は不明ですが、少なくとも一頭の誕生が確認されています。アルルは授乳を行っている模様です。今後も無事な生育のために、みなさまのご協力をお願いします』

去年のようにはっきりとした写真は出せなかったが、それこそアルルが子育てをしている事実に他ならなかった。

二年続けてのホッキョクグマの出産。そして、自然哺育の開始。坂上動物園は静かな活気に包まれた。

報告を聞いた一は思った。予断を許さぬとはいえ、これで晴子が背負っていた後悔が一つ減った。春にやってくる出会いと別れを前に、自分は行動を起こすべきだと。


アルルの気が散らないように、ホッキョクグマ舎は無人だった。

——否。

封鎖されたエリアに入れる限られた人間の一人、御前園晴子の姿があった。

新しい産室は他の個体が暮らすエリアとの間に新たな防音対策もしっかりと施してあったが、それでも何かの拍子でアルルが気にして育児を辞めてしまうかもしれない。

晴子は慎重に、給餌に動いた。寝室の格子の隙間からデルタに餌を与える。子グマコーナーで遊んでいた双子も、さっそく寝室に戻ってきたので、そちらにも餌を持っていく。

〝ごめんね、ソラ。ウミ。一歳のお誕生日、みんなでお祝いしたかったんだけど、今、あなた達の弟か妹のために、ここは封鎖されているの。その代わり……にもならないけど、餌はちょっとだけスペシャルバージョンだよ〟

心の中で語りかける。

ソラが好きな鶏肉にウミの好きなホッケ。それから、あの夫婦が丹精込めて作ったリンゴ、雨宮家から届いたブドウ……などなど。

旺盛な食欲で、誕生日の食事をする双子を見た。体重は八十キロはあるだろう。もう抱き上げることはできない。生まれた時は八百グラムもなかったのに。

あれからもう一年だ。長いようで短かった一年。

双子の誕生日は、私が生まれ変わった日でもあったかもしれない。

寒いが、今日は全国的に晴れ渡り、青空が広がっていた。

〝雨宮さんは来ていないのね。会いたかったな……ねえ？　ソラ？　ウミ？　あなた達も、雨宮さん、好きよね？〟

〝母親〟の問いかけが聞こえたかのように、子グマ達は顔を上げる。

「ぐるぐる」とまだ、甘えた鳴き声を出した。

〝そう〟好きなの。――でも、きっと私の方がもっと彼を好きだわ〟


一人で双子の誕生日を祝い、飼育員控室に戻ると多賀が手招きした。

「多賀さん？　何か？」

アルルの出産以来、猛獣班のホッキョクグマ担当の飼育員達が交代で、赤外線カメラの映像とマイクが拾う授乳音から、アルルとその赤ちゃんの様子を見守り続けていた。

「御前園。すっかり忘れていたが、今日はあれがあるぞ」

「あれ？」

「そう、あれだ」

――猛獣脱走対策訓練。

それは、猛獣を飼育している動物園で必ず行われる訓練である。

何らかの原因で猛獣が園内を逃走した場合に備え、その対応を確認し実際に行動する。

あくまで真面目なものなのだが、逃げた猛獣を着ぐるみの職員が演じるので、どんなに真剣に行っても来園者には失笑を買ってしまい、ニュースなどではちょっと微笑ましい話題として取り上げられがちなのが密かな悩みの〝あれ〟である。

警察や消防を呼んで行う大がかりな訓練は、坂上動物園と提携を結ぶ近隣四園が、年に一回持ち回りで行うことになっている。

ただ、園によって構造や環境が異なるので、担当ではない年は休園日に自園で職員とボランティアによる手順を確認する簡単な訓練をすることになっていた。

「こちらからも一人は出してほしいと要請があった。ホッキョクグマ担当が訓練に参加しないのはまずいだろう。――一応、というか、ずばり猛獣だからな」

ソラとウミの可愛い姿を思いながらも、多賀は断言した。

「それで、うちからは御前園を出すことにした。志波も少し顔を出す」

「私がですか？」

「そうだが、不満か？」

「いえ……分かりました」

「ちなみに今年はサバンナエリアの希望により、シマウマが脱走するらしいぞ」

「シマウマですか？」

例年なら、トラやライオンなどの肉食獣が多いのだが、草食動物も逃げた場合、危険がない訳ではない。

「御前園は捕獲班になったからな。気合い入れて捕まえてこいよ！　シ・マ・ウ・マを！」

「分かりました――」

晴子は訓練が行われるというサバンナエリアに向かって歩き出した。太宰も誘っていこうと爬虫類館に寄ったがすでに出た後だった。

現在ホッキョクグマ舎への道は封鎖されており、『お静かにお願いします！』という横断幕が渡されていた。その余白に、『安産祈願！』『がんばれ！』といった来園者のメッセージが日々、増えていった。

向かいのカフェ・ぶらんこぶらんか坂上動物園店もホッキョクグマ舎に配慮して、ひっそりと営業されていた。外に出していたパンダの乗り物は、子ども達が気兼ねなく遊べるように中央広場へと移動され、そこにカフェもテントを張って出店し、飲み物と簡単なメニューを提供していた。

そうは言っても、しっかりと防音対策を施したホッキョクグマ舎である。近くとはいえ、爬虫類館や猛獣舎、カフェ・ぶらんこぶらんかのある坂の下であれば、通常の声や音が届くとは思えない。

坂上動物園は、ホッキョクグマ舎が封鎖されても通常通り開園しているのだ。それでも、動物園で働く人も来園者も、できる限り協力しようとしてくれていた。

晴子や多賀が、双子を通して伝えてきたホッキョクグマの現状と繁殖の難しさを、今では大勢の人達が理解してくれていた。最初に会った時の一のように、『出産準備』即ち『出産・育児の成功』と思う来園者は少なくなり、苦情も減った。

みんなが、アルルの育児を応援してくれている――。

それらを見る度に、晴子は目頭が熱くなった。

急いで向かったものの、出足が遅かったので、訓練にギリギリ間に合う時間になってしまった。

「御前園さん、これ」

訓練予定の流れを書いた紙を渡された。間を置かず、シマウマが脱走したとの一報（※もちろん訓練である）が届き、非常事態が園長により、宣言された。

「来園者を屋内施設に避難させてください！」

「シマウマが東門方向に移動、閉門を急いでください」

切迫した声が無線から響く。例年とは違い、場内アナウンスと拡声器の使用は取りやめられていた。

「シマウマに蹴られて、志波飼育員が負傷。救助を求めます」

「志波くん、シマウマに蹴られる役だったのね……」

網を持ちながら、あちらに逃げたぞ、いや、こっちだ、という指示に従い園内を走り回りながら晴子は思った。

それにしても今年のシマウマは足が速い。追いかけても埒《らち》が明かないので、待ち伏せ作戦を決行する。

「ふれあい動物園前の広場で、シマウマを待ち構える。捕獲班はそちらに」

ようやく訓練も終了しそうだ。

晴子もそちらに向かい同僚達と網を張った。シマウマの着ぐるみが、職員達に追い立てられて走ってくる。

〝さすまた〟や網に囲まれて、シマウマは立ち止まった。そこに、すかさず獣医が麻酔のついた設定の吹き矢を放った。その衝撃でシマウマは一瞬、暴れたが、しばらくするとフラフラし始め、地面に倒れた。麻酔が効いたのを確かめ、網を掛けようと飼育員達が近づいた。

その瞬間――。

眠ったはずのシマウマががばっと立ち上がり、側にいた晴子に襲い掛かった。

「ええええええ！」

そんなの聞いていない!!

臨機応変に対応できるように、訓練には多少の幅を持たせてあったが、それでも毎回予定調和なところがあった。怪我をする役の人間はあらかじめ指定されているものだ。それなのに、何も聞かされていない晴子が、なぜかシマウマに担ぎ上げられてしまったのだ。

「大変だー。御前園飼育員がシマウマに連れていかれたぞー」

妙に緊迫感のない間延びした声がした。

シマウマの肩の上で、晴子はその声の主を睨んだ。

〝もっと真剣にやりなさいよ！〟

これは大人しく連れ去られるべきものなのか。それとも死力を尽くして逃げるべきものなのか。何も知らされていない晴子は混乱した。

「御前園さんを離せ！　このシマウマが！」

負傷運搬されたはずの志波が立ちふさがった。なんだかもう、目茶苦茶である。

「志波くん！」

しかし、シマウマは志波を再び跳ね除け、さらに走り、『ふれあい動物園』から出ようとした。

ここは自分でなんとかしないといけない。着ぐるみを着ていて分からないが、もしかしたら、不審者が入り込んだのかもしれない。不審者なら猛獣が逃げたのと同じくらい、危険だ。

足をばたつかせて、腹部に蹴りを入れる。

「ぐう」という声がした。そんな間抜けな声なのに、やたら涼しげで美声だった。

うん？

晴子の足が止まった。

空を見上げる。いつの間にか、雨雲が立ち込めていた。

自分を担ぎ上げているシマウマの背を見た。

もしかして……縞々のつもり？

「雨宮さん⁉」

果たして、シマウマの被り物を外した中に入っていたのは雨宮家の御曹司、一であった。

「どういうことですか？　これは大切な訓練なんですよ！」

「すみません。しかし、今日、私の気持ちをお伝えしたいと思いまして」

晴子は唖然とした。

いつの間にか、太宰や奈良を含め、訓練に参加していた職員やボランティアが彼らを囲んでいた。

「三ヶ月は待ってくれるのではないのですか？」

周りに聞こえないように小声になる。

「最大で三ヶ月です。アルルは無事に子育てを始めました。世話は……と言うか、監視は三交代制と聞きました。あ、ご出産おめでとうございます」

「ありがとうございます——って！　雨宮さん！　……確かにアルルが自然哺育をしている以上、私達にできることは、遠くで見守るだけです。でも、なぜ今なんですか？　なぜ今、こんなことを？」

一は晴子の手を取ったが、それはシマウマの手だった。少し考え、その姿がプロポーズにはいまいちロマンティックではないことに気がつく。

後ろを振り向くと、どこからか黒服の男が二人、歩み寄って来て、御曹司の背中のファスナーを外した。

中から白いシャツの男性が出てきた。冬だったが、着ぐるみの中は暑かったのだろう、湯気が立っている。

改めて、今度は人間の手で、晴子の手を取った。

「今、ではなく今日だから、ですよ。今日は何の日ですか？」

その問いに、晴子は「ソラとウミの誕生日」と答えた。それから、心の中で〝そして、私が結婚式から逃げた日〟と付け加えた。

「そうです。ソラとウミが生まれた記念すべき日です。幸せで嬉しい日。そうでしょう？」

「……はい」

それだけではない、と晴子は声に出して叫びたくなった。

一はそんな彼女の衝動を、そっと握る手を強めることで抑えた。

「そうです。今日は喜ばしい日です。そんな記念の日を、プロポーズの日にしたかったのです。二つの、幸せで記念すべき日にしましょう。今日という日は、幸せな日になるのです」

「雨宮さん……」

「やり直しましょう？　御前園さん。私と一緒に、あなたの恋も過去も、やり直すんです。ずっといい思い出に変えられるはずです」

強い決意が、一の全身から手を通して伝わってきた。

結婚式から逃げ出した日なんてないのだ。

あったとしてももう、思い出さなくていい。それ以上に、幸せで楽しい記憶で上書きしてしまえばいいのだ。

今日はソラとウミの誕生日で、御前園晴子が生まれ変わった日だ。

生まれ変わっても、晴子は泣き虫のようだ。

一の手を握りしめたまま、泣いた。

「御前園さん！　ここから逃げられますよ！　さあ！」

志波が晴子に声をかけた。

「志波くん？」

「嫌なら断ればいいんです。みんなが見ているからって、断ったら相手が恥ずかしいだろう、なんて気を遣う必要なんてないですよ！　こういうやり方は卑怯です！」

囲みの一部を開けた志波を見て、奈良は若い飼育員が晴子に好意を持っていたことを知った。ならば、晴子にはまだ逃げ道がある。後がない崖っぷちだと、自棄にならずに済む。

雨宮一のことは、もうすっかり認めていた。立派な男だと思うが晴子が幸せになれる選択でなければ、それは何の意味も成さないのだ。

「そうだよ、晴子ちゃん。ちゃんと考えて答えを出しなさい。また逃げ出す羽目にならないように、ね」

尊敬していた奈良の発言に、一は傷ついた。親代わりの男の言うことを、晴子がどう受け取ったのかが懸念される。

が、彼女は彼の手をほどくことなく、奈良と志波を見た。

そうして、笑った——。

「ありがとうございます。でも、私……雨宮さんからは逃げ出したくないんです」

「御前園さん……！」

一の手に力が籠る。

「御前園さん！」

感極まって、名前を呼ぶことしかできなくなった男に、晴子は聞いた。

「――なぜですか？　私は三十路でそれほど美人でもないし、料理だって得意なのはクマの餌だし、掃除も同じようなものです。それなのに、なぜ？」

「何が？　何がなぜなんですか？」

初めて会った頃、晴子はしょっちゅう、一に「何が？」と聞かれていた。しかし今では、彼が「何が？」と聞くのは、相手の発言の真意を間違って受け取らないよう、気をつけているせいだと分かっていた。真面目な彼には、曖昧さは許せないのだ。

「何がって……その……私のことが好きな理由を知りたいのです」

「それは分かりません」

他人には曖昧な答えを許さないくせに、今の一の答えはどうだろうか、と晴子は怒りそうになり、考え直した。彼の答えは曖昧ではない、はっきりしている。

しかし、はっきりしているからと言って、彼女の聞きたいことへの答えにはなっていなかった。

すると、一は考え、考え、さらに言葉を紡ぎ始めた。

「分からないのです。つまり、恋とは理屈ではないことを、あなたは教えてくれました。私は今まで、自分を好きになってくれた相手にも本気で恋心を返すこともできず、まして、打算で近づいてきた女性も好きにはなれなかった。自分に気のない相手ならば、と好きになっても、それは恋ではなく、ただの執着だということも知りました。だから相手が振り向いた瞬間に、私の執着もなくなるのです」

一の深刻な恋愛観を改めて聞き、ますます晴子は困惑した。自分は一に振り向いている。ならば対象外ではなかろうか？

「けれどもあなたは違う。もしあなたが財産目当ての欲で、私を好きだとしても、演技で気のない素振りをしていて、その真実の姿を知らされたとしても、構わず好きでいることでしょう。もちろん本気で愛してくれているのなら、これほどの喜びはありません。これまで、どうしたら人を好きでいられるか悩んできましたが、あなたにはそんな必要がないのです。ただ、好きなんです。そこに好きな理由も、嫌いになる要素もありません」

雨雲がさらに厚くなり、できれば晴れているうちに返事が欲しいと一は思った。

「御前園さん、私と結婚してください。どこに行っても雨が降るかもしれません。思い出が全部、湿気っぽいものになるでしょう。それでも、あなたと一緒にいることを許してください」

「――一緒に？　ずっと一緒にいてくれる？」

声が震えた。彼女は未だに自分が置かれた立場と状況が信じられなかった。

この人を諦めなくてもいいのだ。ずっと、側にいてもいいのだ――。

「はい。私はどこにも行ったりしません。晴子さんの側に、ずっといますよ」

それもまた、一が晴子に伝えたかったことだ。ソラとウミが坂上動物園を旅立つ日に、側にいたかった。〝ずっと一緒にいる存在〟として。そして少しでも、彼女の寂しさを補いたかったのだ。人間はホッキョクグマよりも弱い。一人では生きていけない。

「ありがとう……雨宮さん……私でよければ、ずっと一緒にいさせてください。雨が降っても構いません。二人なら、きっと雨も楽しいでしょう」

その言葉を合図にしたかのように、空から雨粒が落ちてきた。

「おかしいな」

悔しそうに一が言ったので、晴子は「何がですか？」と聞き返した。

「ストライプなのに……」

「雨宮さん。背骨のある動物の場合、それに平行な方が、縦ということになっているんです。なので、それから言えば、シマウマは……横縞かと……」

「……！　そうでしたか！」

ストライプの王子様とまで呼ばれた男は、気恥ずかしくて頬を染めた。

「あの……よければ、私が動物について、いろいろ解説しますよ」

「――では、晴れた日にお願いします。これからずっと一緒にいるんです。たくさん話を聞かせてください」

一に微笑まれ、晴子は自分がまた結婚式を挙げることになったことを実感した。

そうか――私、結婚するんだ。この……優しい雨男と。

一が晴子を濡らさないように、黒服から受け取った傘を差し掛け、その肩を引き寄せた。

「婚約のお祝いに、傘をプレゼントしますよ。これから必要になるでしょうから」

「はい……一さん」

しおらしく、晴子は答えた。

晴子と一の周りを飼育員や訓練に参加していた皆が取り囲み、大きな拍手を送っていた。

太宰の「大成功！」という声が園内に響き渡った。

雨降って…

なるべく直近の最高の日取りを探った結果、そのハレの日は二十四節気の一つ『穀雨《こくう》』の日となった。恵みの雨の日だ、それもいいだろう。それでも雨宮家と御前園家の結婚式に招待された雨宮一族は、各々信じる雨対策を施してきた。結婚式会場であるホテルの窓から外を見て一は苦笑した。土砂降りでないだけマシである。しかし、会場をストライプで飾ることも、自身がその柄を着ることも拒否したので仕方がない。

彼はストライプが嫌いだった。その理由を晴子に聞かれ「だって雨みたいじゃないですか」という本末転倒な答えをして笑われた。

その晴子は、花嫁控室に籠っている。

古式に則って、花婿は花嫁のウェディング姿を見ていなかった。ドレスの試着にすら同席しなかった。それに関して晴子から「寂しい」と甘えられたが、事情を説明して分かってもらった。雨宮家は迷信深いのだ。

その代わり、試着の前後には付き添うようにした。決して一人ではないことを分かってもらわないといけなかった。

その他はなんでも、晴子の望み通りだ。招待客も彼女が呼びたいと言った店の従業員達を加えた。

受付をしてくれる双方の友人（御前園家側は太宰と、気合いの入った筑紫だ！）に一は挨拶をする。二人の間に飾られたホッキョクグマのウェルカムベアを見る。

産室から出てきたアルルの身体はすっかり痩せていたが順調に回復し、生まれた子とともに元気で、初めての育児に励んでいた。

アルルが子育てをしているので、デルタは新しく来たメスのホッキョクグマ、オレンジとの繁殖が試みられていた。この二頭も相性がよく……と言うよりも、デルタが相当〝いい男〟らしく、今年も出産が期待できそうだった。デルタはその能力を買われ、また、坂上動物園のホッキョクグマ舎が手狭になる恐れから、他園へ〝出張〟する話が出ていた。

ソラとウミは、無事に他の動物園に巣立っていった。

晴子は自らの手で、子ども達の搬出準備を行った。双子を不安にさせないように、涙は見せなかった。最後まで気丈に振舞った彼女は一のところに来て初めて泣いた。そんな彼女を一は抱きしめて褒め称え、心ゆくまで泣かせてあげた。

双子は空路で翌日にはそれぞれの貸与先に辿りついた。

「すぐそこですよ。お休みの日に、会いに行きましょう」

彼は有意義なお金の使い方を見つけた。

それぞれの動物園にお願いして、晴子のために双子の映像も用意してもらっていた。これは式の最中にサプライズで流す予定だ。

花嫁の化粧が全部流れ落ちるおそれがあったので、お色直し直前にすることになったが、涙腺が危険なのは、どちらかというと花婿である自分のような気がしていた。

受付の二人の傍らには、通常ならば結婚式にはそぐわない、捕獲網と吹き矢も置かれていた。余興で坂上動物園の職員達が、例の猛獣脱走対策訓練を見せてくれるらしい。

廊下の陰の方では小野寺真冬が、お揃いの蝶ネクタイを付けたホッキョクグマのぬいぐるみを横に抱きながら、母親、真白と花嫁に花束を渡す練習をしている。

「頼んだよ、真冬」

「あい！」

一が声をかけると、その年頃にしては頼もしい答えが返ってきた。

「プーちゃん、おめでと！」

誰が教えたのか、真冬は一をプーと呼ぶようになっていた。しかし、不思議と懐かれているようだ。

一は彼を微笑ましく見た。自分達の子どもは、こんなふうにクマっぽくならなさそうなのが非常に残念だ。

「おい……」

子どもに付き添っていた小野寺冬馬が何事か察し、突っ込んだ。

「雨宮、おめでとう」

「ありがとう」

全てが順調に進んでいる中、花婿の彼は歩きまわり花嫁の控室まで来た。

肝心の花嫁が、本当にそこにいるのか不安になる。

一方、自分が埋もれるくらいの豪奢《ごうしゃ》なドレスを着た晴子は、二度目の花嫁姿になっていた。

一回目よりも、詐欺度が増していた。だが、彼女の美しさをより輝かせているのは、ドレスやメイクの威力だけではない。鏡の中には、口元に微笑みを浮かべ、幸せに頬を紅潮させている花嫁がいる。その幸福こそ、彼女をもっとも、美しく見せている源だった。

一年間、ゆっくりと愛を育んだ晴子と一に、長い婚約期間は不要だろうと、あの劇的なプロポーズの日からすぐに結婚準備が始まった。二人の年齢を考えて、周囲がそれを急がせた事情もあった。

それに関し、晴子には不安があった。ちょうど双子とのお別れや、新しいホッキョクグマの来園など、大きな仕事がいくつも重なっていたからだ。しかし、それは杞憂に終わった。

今度の結婚準備は前回とはまったく違う。あらゆる面で、一が晴子を支え、助けてくれた。

お正月に二人で行った初詣で、晴子がおみくじで『凶』を引いてしまった時も、彼は自身の引いた『大吉』の上にそれを重ねて結んでくれた。

「凶と大吉……合わせて割れば、吉くらいにはなるでしょう。二人なら、悲しみは半分、喜びは二倍……と言います。これからはこうやって、なんでも二人で分かち合っていきましょう」

そう、言いながら。

晴子はたまらなく嬉しかった。自分もまた、一のために心を尽くそうと自然に思えた。

そうやって、互いに尊重し合える関係だということを再確認し、ますます好きになれた。

だから、一がウエディングドレスの試着に付き添えなくても、以前のように心配になる必要はないとすぐに分かった。どんなドレスを選んだのか、それとなく探りを入れてくる彼に、女性陣全員で秘密にして楽しんでいたほどだった。

ウエディングドレスの中には、こっそりソラとウミの写真が隠してあった。『サムシングブルー』だ。

験《げん》を担ぐ雨宮家に『サムシングブルー』を用意するように言われた際、彼女が持ってきたのだ。それを見せられた多くの関係者は、白いホッキョクグマの写真のどこが『サムシングブルー』なのか首を捻った。一だけがそれを見て「とてもよい青っぽさですね」と笑った。

「晴子……とっても綺麗だわ」

「ああ、お父さんは……嬉しいよ」

前回は控室にいなかった両親が今回は側にいて泣いている。もっと言えば弟夫婦も、叔父夫婦もいた。雨宮家のメイドも、警備と思しき黒服までいた。晴子が逃げないように見張っているのだ。

母親は感動して泣きながらも、ドアの前で仁王立ちになっている。娘が身動きしただけで、ドアに身体を押し付ける有様だった。

「お母さん、そんなに心配しなくても、大丈夫だから」

「いいえ、駄目よ。そんなこと言っても、お母さん、騙されないからね！」

逃げる前提の発言である。晴子は苦笑した。

「もう、信用して！　それに相手は一さんなのよ、逃げるはずないでしょ。だって私、一さんのことがソラとウミと同じくらい大好きなんだから！」

そう言った晴子の笑顔は、母親がハッとするほど美しく輝いていた。


花婿は、花嫁の姿をバージンロードで初めて見た。

長いベールを持ち上げる。

ホッキョクグマの母親は、彼の妻になる。

互いの左手の薬指に指輪を嵌《は》める。


彼の感涙に呼応するように、披露宴が行われる頃には、外はついに土砂降りになった。

自身も雨宮家と縁づき、何度となく雨宮一族の結婚式に招待されていた小野寺冬馬は、そんな空模様にも動じることなくポケットからあらかじめ用意しておいた祝辞を取り出した。

「本日は生憎の天気ですが、古人曰く、雨降って、地固まると申します——」

あとがき

本日は坂上動物園にご来園くださり、誠にありがとうございます！

楽しいひと時をお過ごしくだされば幸いです。

そして、少しでもホッキョクグマと、それを取り巻く現状に関心を持ってくださるきっかけになれば望外の喜びです。

などと訳知り顔で書いた私ですが、実はホッキョクグマ歴はまだ浅かったりします。

ある日、白いウエディングドレス姿の主人公が〝シロクマ〟の赤ちゃんを抱きながら私の頭の中に駆け込んできたのですが、その時は、ホッキョクグマの毛が白ではなく、透明なことすら知りませんでした。しかも空洞！　調べれば調べるほど、その魅力にハマりこみ、今ではすっかりホッキョクグマの虜です（遭遇したくはありませんが……）。

そんなホッキョクグマの魅力をできるだけたくさん盛り込んでみましたが、このお話はフィクションであり、表現しきれなかった所や創作上の都合での展開がありますことをご了承ください。

現実のホッキョクグマの繁殖や人工哺育は、もっともっと大変であることは想像に難くありません。関係者のみなさまに敬意を表します。

さて、この物語での双子のホッキョクグマは、どこに行っても皆から愛され、素敵なオスのホッキョクグマにも出会うことができます。そして子グマを何頭か産み育て、いつの日にか坂上動物園に戻ってくるのです。

そこには定年を控えた〝母親〟が待っていて、二頭と一人……いや、二人……もしくはもっと増えているかもしれない家族と一緒に、最後まで楽しく暮らすことでしょう。

これにて坂上動物園は閉園となりますが、本を開けばいつでも、皆さまをお待ちしております。

最後に、この物語をここまで育ててくださった全ての方々に感謝申し上げます。

ありがとうございました。

結城敦子

この物語はフィクションです。
実在の人物、団体等とは一切関係がありません。

■参考文献（出版年・タイトル五十音順）
『動物の赤ちゃんを育てる　動物園飼育員50年　朝日選書　711』／亀井一成／朝日新聞社／2002
『がんばれ！しろくまピース　人工飼育でそだったホッキョクグマの赤ちゃん』／大西伝一郎／文渓堂／2003
『極北の大地から　ホッキョクグマを撮る』／岩合光昭／日本放送出版協会／2003
『人に育てられたシロクマ・ピース』／高市敦広（／語り）平野敦子（／構成・文）／学習研究社／2004
『大好き！シロクマ・ピース　映像と写真でたどるホッキョクグマ人工哺育の道のり』／高市敦広（／語り）平野敦子（／構成・文）／学習研究社／2005
『クヌート　ちいさなシロクマ』／ジュリアナ・ハトコフ、イザベラ・ハトコフ、クレイグ・ハトコフ、ゲラルド・R.ウーリヒ／羽田詩津子（／翻訳）／日本放送出版協会／2007
『みんなが知りたい動物園の疑問50』／加藤由子／ソフトバンククリエイティブ／2007
『幸せな動物園』／旭山市旭山動物園監修／ブルース・インターアクションズ／2005
『動物の値段と売買の謎』／白輪剛史／ロコモーションパブリッシング／2010
『パンダの飼い方　猛獣・珍獣・和み獣と暮らしてみたい！』／白輪剛史／PHP研究所／2010
『ポプラ社ノンフィクション　11　ホッキョクグマの赤ちゃんを育てる！　円山動物園のねがい』／高橋うらら／ポプラ社／2012
『飼育員さんひみつおしえて！　みんなどきどき動物園　ライオン、パンダ、サルほか』／横浜市立動物園、アドベンチャーワールド（／監修）松橋利光（／写真）池田菜津美（／文）／新日本出版社／2013
『僕が旭山動物園で出会った動物たちの子育て』／小菅正夫／静山社／2013
『動物園のひみつ　展示の工夫から飼育員の仕事まで　楽しい調べ学習シリーズ』／森由民／PHP研究所／2014

■参考サイト／ブログ（五十音順）
アドベンチャーワールド（和歌山県）http://www.aws-s.com
愛媛県立とべ動物園／『しろくまピース　公式Webサイト』（愛媛県）http://www.tobezoo.com/peace/
大阪市天王寺動物園／『天王寺動物園　スタッフブログ』（大阪府）http://blog.zaq.ne.jp/zoo_tennoji6/
男鹿水族館GAO／『GAOっと！ぶろぐ』（秋田県）http://www.gao-aqua.jp/blog/
釧路市動物園／『どうぶつえん日記』（北海道）http://www.city.kushiro.lg.jp/zoo/zoo_dialy/cat0000908.html
札幌市円山動物園／『しろくま通信』、『双子の白クマ赤ちゃん通信　跡地』（北海道）http://sapporo.100miles.jp/55shirokuma/ http://sapporo.100miles.jp/hokkyoku/
仙台市八木山動物公園（宮城県）http://www.city.sendai.jp/kensetsu/yagiyama/　他

結城敦子先生へのファンレターの宛先

〒101-0003　東京都千代田区一ツ橋2-6-3　一ツ橋ビル2F
マイナビ出版　ファン文庫編集部
「結城敦子先生」係

Fan
ファン文庫

坂上《さかのうえ》動物園のシロクマ係
～当園は、雨男お断り～

2016年7月20日　初版第1刷発行

著者　結城敦子
発行者　滝口直樹
編集　水野亜里沙（株式会社マイナビ出版）
有限会社マイクロフィッシュ
発行所　株式会社マイナビ出版
〒101-0003　東京都千代田区一ツ橋二丁目6番3号　一ツ橋ビル　2F
TEL 0480-38-6872（注文専用ダイヤル）
TEL 03-3556-2731（販売部）
URL http://book.mynavi.jp/

イラスト　げみ
装幀　足立恵里香＋ベイブリッジ・スタジオ
MAP　結城敦子
フォーマット　ベイブリッジ・スタジオ
DTP　株式会社エストール
印刷・製本　図書印刷株式会社

●定価はカバーに記載してあります。
●乱丁・落丁についてのお問い合わせは、注文専用ダイヤル（0480-38-6872）、電子メール（sas@mynavi.jp）までお願いいたします。

ISBN978-4-8399-6018-6
Printed in Japan